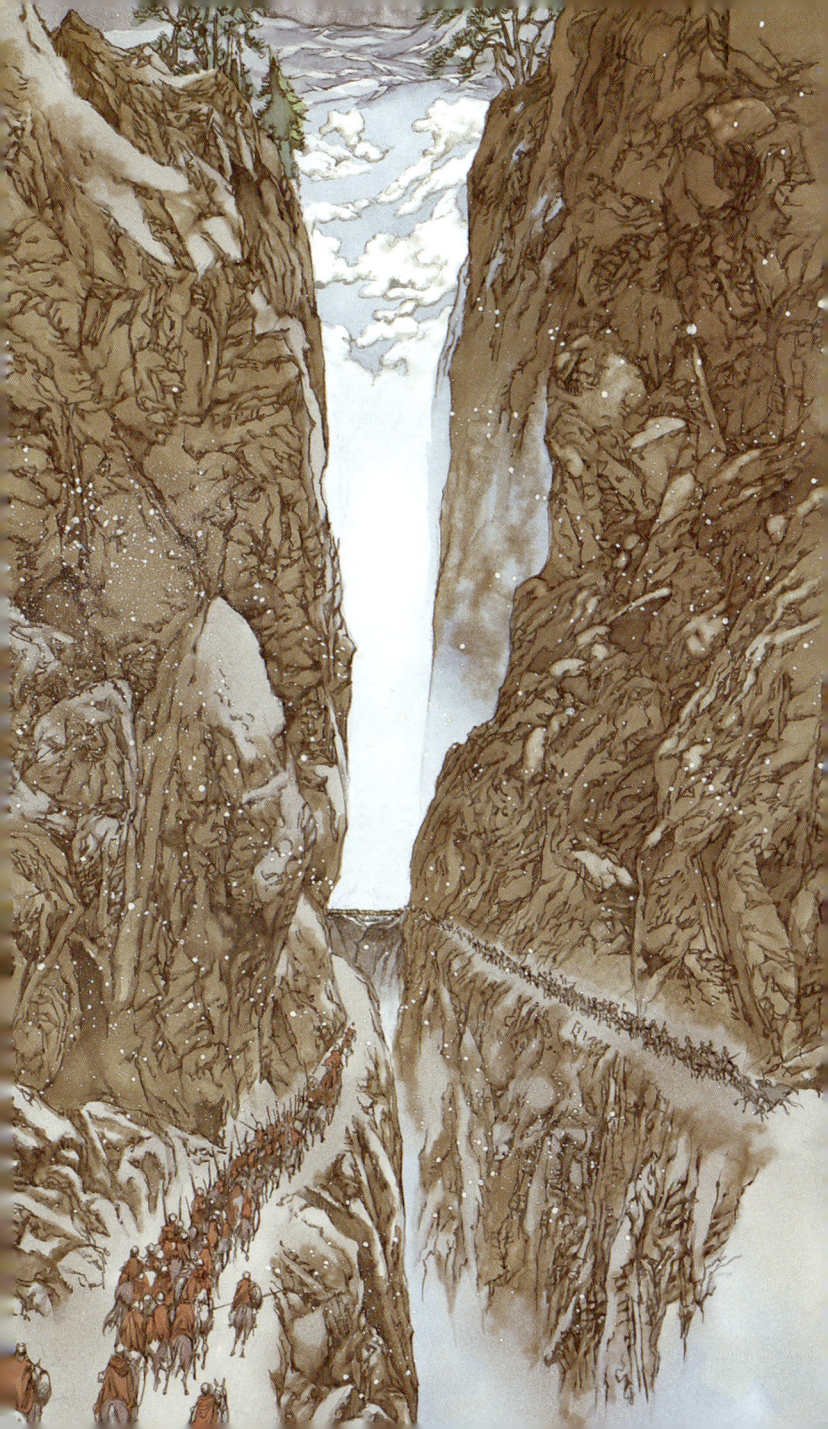

아르슬란 전기

8
가면군단

목 차

제1장 새로운 적, 묵은 적　　*007*

제2장 수렵제　　*053*

제3장 야심가들의 연옥　　*101*

제4장 왕도의 가을　　*149*

제5장 가면군단　　*201*

주요 등장인물

아르슬란: 파르스 왕국의 젊은 샤오.
안드라고라스 3세: 선대 파르스 샤오. 고인.
타흐미네: 안드라고라스 3세의 왕비.
다륜: 파르스의 장군.
　　　별명은 '마르단후 마르단(전사 중의 전사)'.
나르사스: 파르스의 궁정화가이자 군사.
　　　전前 다이람 영주.
기이브: 때로는 파르스의 조정 신하, 때로는 유랑악사.
파랑기스: 파르스의 카히나(여신관)이자
　　　아무르(파견감찰관).
엘람: 아르슬란의 측근.
키슈바드: 파르스의 에란(대장군). '타히르(쌍검장군)'
　　　라는 별명을 가졌다.
아즈라일: 키슈바드가 키우는 샤힌(매).
쿠바드: 파르스의 장군. 애꾸눈 장한.
루샨: 파르스의 프라마타르(재상).
이스판: 파르스의 장군.
　　　별명은 '파르하딘(늑대가 키운 자)'.
투스: 파르스의 장군. 철쇄술의 고수.
자라반트: 왕도 경비대장. 뛰어난 완력의 소유자.

자스완트: 신두라 출신의 파르스 장군.

짐사: 투란 출신의 파르스 장군.

구라즈: 파르스의 장군. 해상상인.

알프리드: 조트족장의 딸.

메르레인: 알프리드의 오빠.

히르메스: 파르스 구 왕가의 혈통을 잇는 자.

라젠드라 2세: 신두라 왕국의 라자(국왕).

기스카르: 루시타니아 왕국의 왕족.

보댕: 이알다바오트 교의 교황.

카르하나: 튀르크 왕국의 국왕.

호사인 3세: 미스르 왕국의 국왕.

오른쪽 뺨에 흉터가 있는 사내: 미스르의 객장.

구르간: 마도사.

제1장 새로운 적, 묵은 적

I

 완만하게 여울지는 대하를 새벽의 서광이 비추자 수면은 백만의 거울을 늘어놓은 듯 두루 빛을 냈다. 그 빛이 강가에 전개한 군대의 갑주에도 반사되자 지상은 순식간에 밤의 지배를 벗어나 밝아졌다. 대하의 이름은 디즐레. 파르스 왕국과 미스르 왕국의 경계를 이루는, 수량이 풍부한 강이었다.

 파르스력 324년 9월 29일. 샤오(국왕) 아르슬란의 18세 생일이자 세 번째 즉위기념일이었다. 원래 같으면 왕도 엑바타나에서는 축전이 벌어지고 민중에게는 나비드(포도주)가 나누어져 밤새도록 음주가무로 떠들썩했을 것이다.

그러나 젊은 샤오는 왕도를 떠나 서쪽 미스르 왕국과의 국경지대에 있었다.

디즐레 강의 동쪽은 파르스, 서쪽은 미스르의 영토다. 강을 사이에 둔 양국은 이따금 역사적인 전쟁을 벌였다. 디즐레 강은 넓지만 수심이 얕고 흐름도 완만했으므로 건너기가 비교적 수월했다. 그런 만큼 두 나라는 강가에 방벽이나 성새를 늘어놓고 상대의 침공에 대비해왔다. '타히르(쌍검장군)' 라는 별명을 가진 키슈바드 경은 과거 '파르스의 살아있는 성벽' 으로 칭송을 받을 정도로 미스르의 침공을 몇 차례나 저지했다. 그런 미스르가 올해 9월 하순에 느닷없이 군사를 일으켜, 한밤에 디즐레 강을 건너와 파르스 영내에서 전투태세를 갖춘 것이다.

미스르 국왕 호사인 3세는 39세이며 즉위한 지 8년이 되었다. 중키에 약간 살이 쪘으며 머리는 벗겨졌고 두 귀가 이상할 정도로 커, 용모로 말하자면 걸출하다고는 할 수 없었지만 통치자로서의 역량은 수준 이상이었다. 파르스가 루시타니아에게 침략당할 동안 그는 국경을 다지고 중립을 지키면서 궁정 내의 반 국왕파를 소탕한 후 도로와 운하, 항만을 정비하고 경제활동을 융성케 했다. 행정조직이나 재판 제도도 개혁하고 학교도 세웠다. 전쟁이니 원정이니 하는 데에는 별로 관심이 없으며 내정에 집중하는 왕으로 여겨졌다.

그런 호사인 3세가 올해 들어 갑자기 파르스를 상대로 전쟁을 벌인 데에는 물론 이유가 있다. 아르슬란이 즉위한 후 파르스의 해상교역이 번영하면서 미스르는 해상의 권익에 침해를 받았다. 또한 파르스에서 노예 제도를 폐지하면서 국제 노예 교역의 고리가 끊어지기도 했다. 이처럼 주로 경제적인 사정이 미스르의 군사행동을 부추겼던 것이다.

"객인客人이여, 그대의 말대로 디즐레 강은 별 어려움 없이 건널 수 있었네. 그대에게 감사하네. 이참에 무언가 바라는 것이 있다면 선처할 터이니 말해보게."

호사인 3세는 곁의 사내에게 파르스어로 말을 걸었다.

그 사내의 나이는 30세 전후인 것 같았다. 볕과 바람과 모래를 받은 얼굴은 거무스름했으며 피부도 거칠었지만 용모 자체에는 귀공자의 풍모가 있었다. 가장 눈에 뜨이는 것은 오른쪽 뺨에 남은 커다란 흉터였다. 검이나 창에 생긴 흉터가 아니었다. 이빨이나 발톱에 깊이 도려져 나간 듯한 초승달 형태의 흉터였다. 용모도 그렇고 표정도 그렇고, 온화한 인생과는 무관한 인물이리라는 평에는 누구나 수긍할 것이다.

미스르 국왕의 황송한 말에도 사내는 별로 감동하지

않는 듯했다. 대답하는 목소리는 사막에 부는 바람처럼 건조했다.

"저의 바람은 파르스의 거짓된 왕이 멸망하는 모습을 보는 것, 단지 그뿐입니다. 그 외에 바랄 것은 아무것도 없습니다."

"그 점은 이미 들어 알고 있으나, 공적을 세운 자에게 은상을 내리는 것은 왕의 의무일진저. 이를 태만히 해서는 도량을 의심받게 되는 법일세. 무엇이든 좋으니 바라는 은상을 말해보게."

"그러면 사양 않고……."

"음?"

"파르스의 궁정화가 나르사스의 머리를."

사내의 목소리는 담담했으나 그 밑바닥에서는 거무죽죽한 악의의 거품이 솟아나고 있었다. 호사인 3세는 흥이 식었다는 양 사내를 쳐다보더니 한 손으로 얼굴 아래쪽을 문질렀다.

"보아하니 상당한 원한이 있는 모양이로고. 허나 그 점은 짐이 알 바가 아니지. 나르사스 경의 목을 원한다면 그대에게 주도록 하겠네."

"황공무지로소이다."

사내의 두 눈이 어둡게 번뜩였다. 미스르 국왕은 그 안광에서 시선을 돌렸다. 호사인 3세는 딱히 고결한 인품의 소유자는 아니었으나 어둡고 깊은 복수심에 휘말리기를 바라지는 않았다. 그는 마음을 다잡으려는 것처럼 자세를 바로하고 좌우에 대동한 장군들 중 한 사람에게 말했다.

"마시니사!"

그 목소리에 호응해 구릿빛 피부를 가진 장신의 사내가 국왕 앞으로 나섰다. 미스르 왕국에서도 손꼽히는 용명을 떨치는 인물로, 머리카락도 눈도 콧수염도 검고 윤기가 흘렀다. 올해 스물여덟 살이었다.

"카라만데스!"

그렇게 불린 것은 머리카락도, 수염도 회색이 도는 초로의 장군이었다. 선왕 이래로 많은 공적을 세웠던 숙장宿將이었다. 호사인 3세는 그 후로도 세 명 정도의 장군을 불러내 친근하게 말을 걸었다.

"오늘 전투는 앞으로 우리나라의 외교만이 아니라 대륙공로 뭇 나라들 사이의 역학관계에 적지 않은 영향을 가져올 걸세. 이를 명심하고 싸워, 국가의 영광과 그대들의 명예를 드높일 무훈을 세우도록."

호사인 3세의 말에 미스르의 장군들은 공손히 고개를 숙여 대답했다.

"반드시 국왕 폐하의 기대에 부응하고자 하옵니다."

"타히르니 뭐니 어울리지도 않는 별명을 가진 미스르

의 원수에게 신들의 응보를 내려주겠나이다."

그때 뺨에 흉터가 있는 사내가 나서 들끓던 장군들에게 찬물을 끼얹었다.

"파르스군의 병사는 강하며 장군들은 지휘능력이 뛰어나오. 불쾌하시겠지만 인정하지 않을 수 없는 사실이오. 자만은 금물. 특히 전군의 작전을 세우는 나르사스란 놈은 기모奇謀와 심려를 겸비한 자이니 부디 주의하기 바라오."

"알고 있네. 명심하도록 하지."

그렇게 대답한 사람은 카라만데스였으며, 젊은 마시니사는 불쾌하다는 투로 사내를 곁눈질로 노려볼 뿐 고개조차 끄덕이지 않았다.

곧 미스르 전군이 전진을 개시했다. 미스르의 군복은 붉은색, 녹색, 황금색 세 가지 색깔의 조합이어서 사막의 단조로운 회갈색과 비교해 그야말로 화려했다. 특히 보병의 뒤를 따라 행군하는 부대는 보기만 해도 압도적인 위용이 있었다.

"미스르의 낙타부대로군."

뺨에 흉터가 있는 사내가 중얼거리며 모래먼지 속에 이어진 사람과 짐승의 무리를 바라보았다.

사막 전투에서는 파르스의 기병부대조차 미스르의 낙타부대에게 한 수 뒤처질 것이다. 낙타는 말보다 내구

력이 뛰어나다. 사막을 바다에 비유한다면 낙타는 기민하게 움직이는 작은 배라고 해도 과언이 아니다. 가느다란 사슬을 엮어 낙타에게 입히면 화살을 막아내는 데도 효과를 발휘했다.

1만 마리의 낙타부대가 사내의 눈앞을 지나가자 다음으로는 전차부대가 뒤를 따랐다. 세 마리의 말이 이룬 전차를 끌고 여기에 병사 세 명이 올라탄다. 한 명은 말을 몰며, 남은 둘 중 하나는 창병, 한 명은 궁전병弓箭兵이다. 이런 전차가 2천 대. 병사도 말도 온몸에 향유를 발랐으며 여기에 땀이며 가죽 냄새가 배어 무어라 형언하기 힘든 냄새를 풍겼다.

"미스르가 이기지 못했을 때는 다른 나라를 꼬드겨낼 것이다. 노예 제도가 존속하기를 바라는 나라들을 모두 규합해 파르스 한 나라를 들끓는 파멸의 가마솥에 처박아주마."

사내의 중얼거림은 미스르 국왕이나 장군들에게는 들리지 않았다. 전투를 개시한 시점에서 미스르군의 패배를 예기하는 것과 같은 말을 큰 소리로 입에 담을 수는 없다. 사내도 그 정도는 충분히 잘 알고 있었다.

미스르군은 질서정연하게 포진을 마쳤다. 중앙과 좌우 양익, 여기에 국왕의 친위대를 더해 8만의 대군이었다. 지난 4, 5년 동안 쓸데없는 전투로 병력을 소모하는

일 없이 오늘의 진용을 갖추었던 것이다.

 파르스군은 천 걸음의 거리를 두고 포진했다. 미스르군이 보기에 병력은 6, 7만에 이르는 듯했지만 진형에 통일성이 없어 보였다. 기병과 보병이 무질서하게 섞인 느낌이라 어떻게 전투를 벌일 심산인지 알 수 없었다.

 아르슬란 왕이 즉위한 후 파르스는 군사제도를 크게 변혁했다고 들었다. 어떻게 변혁을 했는지 미스르군의 입장에서는 꼭 알고 싶었다.

 미스르군의 악대가 큰북을 두드렸다. 낙타 가죽을 바른 북이 사막에 둔중한 소리를 퍼뜨렸다. 이에 호응해 파르스 진영에서는 뿔피리 소리가 울려 퍼졌다. 그 울림이 끝나갈 때 양군의 진영에서 동시에 화살 소리가 솟아났다.

 "전진하라!"

 전차에 탄 카라만데스 장군이 초승달 형태의 검을 쳐들며 외치자 미스르군은 함성을 터뜨리고 모래먼지를 일으키며 전진을 개시했다. 이에 맞서는 파르스군과의 사이에 칼 울리는 소리와 피안개가 솟아나 격렬한 전투가 벌어졌다. 그것도 오래가지는 않았다. 마시니사 장군이 이끄는 낙타부대가 초승달검을 쳐들고 돌입해 도륙을 개시하자 파르스군은 서서히 밀려 후퇴하기 시작했다.

II

미스르군은 전진을 계속했고, 이에 따라 파르스군은 퇴각했다. 저항을 하지 않는 것은 아니고 이따금 역습을 시도해 창이며 화살로 응전했지만, 미스르군의 첨예한 공격 앞에는 무너지기 쉬운 흙벽일 뿐이었다.

미스르 국왕 호사인 3세의 낙타는 다른 것들보다 한층 몸집이 컸으며 황금 안장을 얹고 있었다. 시원한 흰색 비단 차양 밑에서 전황을 지켜보던 그는 이윽고 아군의 우세에 만족한 듯 말했다.

"한때 파르스군은 강했다. 안드라고라스 왕의 용맹함은 이 세상 사람의 것으로는 여겨지지 않을 정도였지. 그러나 보아하니 무용의 뿌리도 말라비틀어지기 시작한 모양이로고. 객인이여, 그대는 어떻게 생각하나?"

"방심은 금물입니다."

사내의 대답은 짧아 호사인 3세는 쓴웃음을 짓듯 커다란 두 귀를 출렁거렸다.

"그리 언짢아하지 말게. 그대의 말을 경시한 것은 아니니. 이번에는 운이 좋아 상황이 잘 풀려주는 것뿐이지. 앞으로 파르스를 정벌할 때는 그대의 수완을 빼놓지 않겠네."

호사인 3세는 승리한 후에 대해 생각을 굴리고 있었

다. 그는 파르스 전국을 지배할 마음은 없었다. 호사인 3세는 비참하게 패배한 루시타니아군을 똑똑히 기억했다. 요컨대 해상교역과 노예무역에서 미스르 왕국의 권익을 강화할 수만 있으면 그만인 것이다. 미스르 왕국의 권익이 침해당하지 않는 한 파르스 국내가 어떻게 되든 알 바 아니었다. 아니, 오히려 파르스가 분열되고 질서를 잃는다면 그거야말로 곤란하다. 미스르 측에 유리한 정권이 안정을 찾아주기를 바랐다.

저녁 무렵까지 미스르군은 시종일관 전투를 유리하게 이어 나갔다. 파르스군은 밀리고 밀려 1파르상(약 5킬로미터) 정도 동쪽으로 후퇴했다. 그러다 저녁이 되자 대열을 재정비하더니 미스르군의 공세를 가로막고, 이어서 총반격에 나설 태세를 보이기 시작했다.

잠시 국왕에게 돌아온 카라만데스와 마시니사가 주장했다.

"태양을 등지고 싸우는 것이 용병의 상식이옵니다. 지금 파르스군은 그 금기를 어기고 저무는 해를 향해 공세를 펼치려 하옵니다. 기선을 제압해 전군으로 파르스군을 쳐 단숨에 복멸함이 옳을 줄로 아뢰옵니다."

오른쪽 뺨에 흉터가 있는 객인이 여기에 이의를 제기했다.

"나르사스는 궤계의 명인이오. 특히 용병의 상식에 어

굿나는 움직임을 보일 때는 상대를 함정에 빠뜨리려 하는 것이오. 국왕 폐하, 부디 자중해 군을 거두어 주십시오."

호사인 3세가 대답하기도 전에 마시니사가 입을 열었다. 오만할 정도로 자신감에 가득 찬 그는 이국 사내를 노려보았다.

"함정이라고 하셨나? 이런 평탄한 지형에서 무슨 함정을 준비할 수 있단 말이지? 복병을 둘 만한 계곡도, 산자락도 없지 않은가. 그대는 나르사스 경의 이름을 두려워해 풀을 보고도 파르스군의 창이라 생각하는 것 아닌가?"

뺨에 흉터가 있는 사내는 조소를 띠며 번뜩이는 눈으로 마시니사를 바라보았으나, 체념한 것처럼 대꾸했다.

"그러면 뜻대로 하시오. 다만 내가 충고를 드렸음을 부디 잊지 마시길."

"그래, 기억해두겠네."

불쾌한 투로 고개를 끄덕이더니 카라만데스는 나이 어린 동료를 채근해 다시 진두로 돌아갔다. 국왕 호사인 3세는 약간 결단을 망설이는 표정으로 전장을 바라보았다. 그는 국내를 통치하는 것만큼 전장에서 무략을 떨칠 자신이 없었으므로 이럴 때는 장군들을 신뢰해 그들에게 만사를 맡겼다. 다만 뺨에 흉터가 있는 객인의 목소리가 불길하게 느껴진 것 또한 사실이었다. 호사인 3

세는 한 차례 고개를 가로저어 불안을 떨쳐냈다. 결국 장군들의 전의를 우선시하기로 했던 것이다.

"돌격!"

"돌격!"

미스르어 호령이 잇달아 이어지고, 대군은 급류처럼 돌진을 개시했다. 검과 갑주에 저무는 태양의 빛을 받으며, 지평선으로 기울어져 가는 황금색의 거대한 원반을 등진 채 미스르군은 동쪽으로 달려나갔다. 디즐레 강의 범람을 연상케 하는 박력이었다.

파르스군은 당황한 것 같았다. 전진하려던 기병부대가 잇달아 기수를 돌려 보병이 만들어낸 방패의 벽으로 몸을 숨기기 시작했다. 이를 본 미스르군의 장병들이 승리를 확신하며 위협의 함성을 질렀다. 다음 순간 그들이 본 것은 수십 줄에 이르는 방패의 대열이었다. 그리고 느닷없이, 아무것도 보이지 않게 되었다.

3만의 방패가 거울이 되어 저무는 해를 반사했던 것이다. 미스르군의 전방에 장대한 빛의 벽이 출현해 전군의 시야를 차단했다. 사람도 말도 낙타도, 눈앞이 아찔해지는 광채에 일시적으로 시력을 잃었다. 미스르 전군이 장님이 되었다.

비명과 함께 병사들은 얼굴을 감쌌다. 고삐가 손에서 떨어졌다. 말과 낙타는 제어를 잃었다. 질주하는 말과 낙타에게 시력을 잃는다는 것은 균형을 잃는다는 뜻이었다.

말과 말이 비틀거리며 부딪쳤다. 전차와 전차가 접촉했다. 말이 쓰러졌다. 낙타가 옆으로 넘어졌다. 전차의 차축이 부러지고 바퀴가 허공에 날아올랐다. 굴러떨어진 병사가 뒤를 따르던 전차에 치이고 낙타 발에 짓밟혔다. 피와 비명은 저물어가는 하늘 저 높은 곳으로 솟아올랐다.

이때 폭풍 같은 소리가 미스르군을 에워쌌다. 파르스군이 일제히 화살을 쏜 것이다. 저무는 태양은 수만 자루의 화살에 누더기처럼 찢겨나갔다. 호우가 되어 쏟아지는 화살 밑에서 시력을 잃은 미스르군은 그자리에 얼어붙거나, 쓰러진 채 발버둥을 쳤다.

내리꽂히는 화살 소리와 솟아오르는 비명이 부딪혀 사막은 음향의 감옥에 갇혀버렸다. 목을 꿰뚫린 병사가 전차에서 떨어지고 그 위로 피투성이 낙타가 쓰러졌다. 전차가 넘어지고 그 위로 다른 전차가 달려와 엎혔다. 섬광 때문에 멀어버린 눈에 모래먼지가 들어간 병사들은 고통에 몸부림쳤다.

백을 헤아릴 시간 사이에 미스르군은 1만 병사를 잃었다. 멀리서 바라보며 아연실색해 소리도 내지 못하는 호사인 3세의 귀에 객인의 목소리가 날아와 박혔다.

"그래서 말씀드리지 않았습니까. 나르사스는 교활하기가 백 년을 산 올빼미도 따라오지 못할 정도입니다. 이를 교훈으로 삼으려면 우선 이 자리를 모면해야 합니다."

사내는 내뱉듯이 미스르군의 얕은 판단을 규탄했다. 미스르 국왕도 측근 장군들도 대답할 수 없었다. 사내의 말은 무례했지만 사실이었으며, 미스르군도 분노하기 전에 궤멸의 위기에 빠진 장병들을 재정비해야만 했다.

"일단은 후퇴해 군을 재편하라."

그렇게 명령을 전달시켰으나, 명령을 받아야 할 카라만데스 장군은 그때 이미 이 세상의 주민이 아니었다. 파르스 기병부대의 선두에서 달려나온 흑의기사에게 일대일 결투 신청을 받아 10합도 겨루지 못하고 적장의 창에 가슴을 꿰뚫렸던 것이다.

카라만데스의 전사 소식이 전해지자 미스르군의 당혹감과 공포는 더욱 극심해져, 저무는 태양의 빛에 의지해 이리저리 도망치기 시작했다.

미스르의 용장 마시니사는 부러진 검을 내팽개쳤다. 도망치는 병사의 손에서 장창을 낚아채 소리 높여 휘두르더니 낙타를 몰아 흑의기사에게 육박했다. 상대는 다시 미스르 기사 한 사람을 창으로 찔러 죽였으나, 너무 깊이 꿰뚫은 나머지 창이 빠지지 않아 이를 버리고 장검을 뽑으려 하고 있었다.

낙타를 탄 마시니사는 말을 탄 기사보다도 위치가 높다. 위쪽에서 장창을 내리 찌르자 은색 날은 파르스 기사의 까만 투구에 맞아 소리를 내며 부러져 날아갔다. 파르스의 흑의기사가 날카롭게 미스르 기사의 모습을 올려다보며 말했다.

"호오, 도망치지 않다니 기특하군."

"참왕의 개가 어디서 건방진 소릴 지껄이느냐!"

마시니사는 창을 버리고 낙타 옆구리에 비끄러매놓았던 칼집에서 초승달검을 뽑아들며 되받아쳤다. 참왕僭王이란 국왕이 될 자격을 가지지 못한 자가 국왕을 칭한다는 뜻이다. 파르스 샤오 아르슬란은 선왕 안드라고라스 3세의 왕태자였으나 사실은 왕가의 피를 잇지 않았다는 사실을 이미 국내외에 밝혔다. 그렇기에 마시니사는 파르스인을 모욕할 때면 그렇게 외쳐댔다.

마시니사의 매도는 흑의기사의 분노를 자극했다. 장검은 빛의 폭풍이 되어 마시니사에게 엄습했다. 미스르의 용장은 초승달검을 휘둘러 이를 튕겨냈다. 칼 부딪치는 소리가 귀를 찌르고 팔의 근육이 삐걱거렸다. 마시니사가 처음으로 경험하는 검세였다. 반격하려 했으나 즉시 강렬한 제2격이 날아들어 미스르의 용장은 방어일변도로 내몰렸다.

20합을 헤아렸을 때 마시니사의 왼팔에서 핏줄기가

솟았다. 30합에 이르렀을 때 마시니사의 오른손에서 초승달검이 날아가 모래먼지 속으로 사라졌다. 마시니사는 패배를 깨달았다. 그는 낙타 고삐를 홱 당기고 옆구리를 걷어차 방향을 바꾸려 했다. 지금은 퇴각할 수밖에 없다.

낙타는 말에 비해 덜 온순하다고 한다. 언짢은 일이 있으면 기수의 뜻에도 따르지 않는다. 난폭하게 다루는 바람에 마시니사의 낙타는 기분이 상했다. 콧구멍에서 거칠게 숨을 토해내더니 느닷없이 앞발을 내미는 자세로 땅바닥에 주저앉아버린 것이다.

짧은 비명과 함께 마시니사의 늘씬한 몸은 낙타 등에서 내동댕이쳐졌다. 땅에서 한 바퀴 굴러 일어났지만 패배감과 굴욕에 눈앞이 아찔했다. 난적에게 패배하는 것은 어쩔 수 없지만, 이런 추태를 보이다니.

그러나 마시니사의 머리 위로 검광이 떨어지지는 않았다. 적장의 검은 수평으로 움직여, 날아든 화살을 공중에서 양단하고 있었다. 흑의기사는 날카롭게 시선을 돌려 새로운 적의 모습을 보았다.

오른쪽 뺨에 흉터가 있는 사내가 말 위에서 활을 왼손에 들고 있었다. 그가 화살을 쏜 것이다. 흑의기사가 방향을 돌리는 동안 마시니사는 모래먼지와 땀에 찌들어 그 자리를 벗어났다. 정확하게는 구르다시피 도망쳤다.

오른쪽 뺨에 흉터가 있는 사내는 파르스의 흑의기사를 향해 두 번째 화살을 쏘려 했다. 그러나 활시위를 잡아당긴 순간 바람이 경고의 피리 소리를 울렸다. 사내의 활이 부러지고 화살은 허공을 미끄러져 땅에 박혔다. 파르스군에서 날아든 한 줄기 화살이 사내의 활에 명중했던 것이다. 눈먼 화살이 아니라 정확하게 노려 쏜 것이었다.

"주제넘은 카히나(여신관) 년!"

오른쪽 뺨에 흉터가 있는 사내가 극심한 증오를 담아 중얼거렸다. 그는 활을 내팽개치고 기수를 돌리더니 재빨리 미스르군의 대열 속으로 도망쳤다. 그는 난전 속에서 신기神技를 발휘한 인물의 정체를 알고 있었다.

파르스군의 진두에서는 흑의기사가 활의 달인을 칭찬하고 있었다.

"그대는 언제 봐도 지상에 강림한 활의 여신 같군, 파랑기스 공."

칭송을 받은 상대는 말없이 고개를 끄덕였을 뿐이었다. 허리까지 닿는 긴 머리카락을 가진 여성이었다. 그녀는 도망치는 미스르의 사수를 찾고 있었다. 그녀의 눈동자에 의아함이 넘실거린 것 같았다.

III

디즐레 강을 건너 파르스 땅을 밟은 미스르군은 약 8만. 다시 강을 건너 귀국한 자는 6만. 전군의 사분지일을 잃은 패배는 그늘이 되어 호사인 3세의 미간에 머물렀다. 그는 원래 호전적인 왕이 아니었다. 충분히 이해득실을 계산하고 출병한 것이었다. 그런데도 비참하게 실패한 만큼 기분이 좋지 못했으나 표정으로 드러내지는 않았다.

참패한 장군들이 하나하나 왕의 어전에 나타나 무릎을 꿇고 사죄했다. 호사인 3세는 그들을 위로했다. 유독 부끄러워한 마시니사에게도 왕의 관록을 보여 나무라지 않았다.

"지나간 일은 됐네. 마음에 두지 말게."

파르스가 노예제도를 폐지한 후로 미스르의 노예들은 여러모로 들썩거렸다. 자신들도 파르스의 노예들처럼 해방되기를 바라는 자들은 당연히 있었다. 이를 부추기는 자들도 나타났다. 이전까지는 단순한 불평불만이었지만 이제는 '해방'이라는 목표를 얻은 것이다. 노예제도를 유지하는 나라들에게는 매우 바람직하지 못한 일이었다. 파르스와는 언젠가 다시 싸우지 않을 수 없다. 그런 상황에 숙장 카라만데스를 잃었는데, 살아남은 장군들에게까지 벌을 내린다면 미스르군의 진용이 지나치게 얇아진다. 호사인 3세에게는 그러한 현실적인 계산도 있었다.

마시니사 다음으로 호사인 3세 앞에 나타난 것은 오른쪽 뺨에 흉터가 있는 사내였다. 그에게는 마시니사를 위기에서 구해준 공적이 있었다.

"폐하, 나르사스 놈이 얼마나 간교한지 이로써 잘 아셨겠지요. 하오나 파르스 안팎에는 놈의 적도 얼마든지 있습니다. 그들을 규합하여 나르사스에게 대항케 하심이 옳을 줄로 압니다만, 어떠신지요?"

"흐음. 그대라면 그렇게 할 수 있나?"

"분부만 내리신다면."

"좋아. 어떻게든 파르스의 위세를 죽일 수 있다면 온갖 책략을 강구해야 할 터. 계획이 갖추어지는 대로 보고하게. 자금을 융통해주겠네."

감사의 말을 올리고, 오른쪽 뺨에 흉터가 있는 사내는 국왕 어전에서 물러났다. 호사인 3세가 생각에 잠겨 있으려니, 시립했던 궁정 서기관장 굴리가 말을 걸었다.

"기묘한 우연의 일치가 아닐는지요, 폐하."

"우연의 일치?"

"예. 4년 전에 루시타니아군이 파르스에 침공했을 때의 일이옵니다. 당시 루시타니아군은 파르스의 지리와 국내 정세에 어두웠사오나, 그때 그들에게 지리를 가르치고 작전을 제시한 인물이 있었나이다."

"아아, 생각이 났네. 기묘한 은색 가면을 뒤집어쓴 자가 있었다 하지."

호사인 3세는 고개를 끄덕였다. 당시 미스르는 파르스에 간섭하지 않는 정책을 관철했지만 파르스의 정세에 무관심했던 것은 아니다. 외교관이나 상인, 밀정이 가져다주는 온갖 보고는 호사인 3세에게 올라와 분석되었다. 그중 은색 가면을 쓴 인물의 이야기도 있었다. 그 인물이 사실은 파르스의 왕족 히르메스였다는 사실도 후에 알려졌다.

"히르메스 왕자의 얼굴에는 흉터가 있었으며, 가면은 이를 감추기 위한 것이었다 하옵니다."

"그렇다면 오른쪽 뺨에 흉터가 있는 저 사내가 히르메스 왕자라도 된다는 말인가?"

"확인한 것은 아니오나, 어디까지나 가능성으로서……."

"흐음, 이를 어찌 보아야 할지."

호사인 3세는 벗겨진 이마를 쓰다듬으며 생각에 잠겼다. 굴리의 억측이 정확해서 오른쪽 뺨에 흉터가 있는 사내가 히르메스 왕자라고 한다면 사태는 어떻게 될 것인가. 히르메스는 왕위를 되찾고자 루시타니아군을 이용하려 했고, 결국 실패했다. 그리고 이번에는 미스르를 이용해 다시 한 번 왕위를 복권하려 든단 말인가.

일방적으로 이용당하기만 하다니, 아무리 마음이 좋

아도 그럴 수는 없다. 정말 히르메스 왕자라고 한다면 이쪽이 그를 이용할 방법을 생각해두어야 할 것이다. 호사인 3세는 벗겨진 이마 속으로 생각을 굴렸다. 일단은 두 가지 이용방법이 떠올랐다. 하나는 히르메스 왕자의 존재를 공표해 그가 왕위를 회복하도록 돕는 것. 경사롭게도 '히르메스 왕'이 탄생한다면 디즐레 강 동쪽 연안의 영토와 노예제도 부활 정도는 요구할 수 있을 것이다. 미스르는 대륙공로 서부 노예무역의 중심지가 되어 예전보다도 높은 위치를 차지할 수 있을 것이다.

또 한 가지 이용법. 그것은 히르메스를 돕는 것이 아니라 반대로 포로로 삼는 것이었다. 사로잡은 히르메스를 파르스로 송환하거나 혹은 죽여서 목을 보내, 왕위를 탈취하려 한 자를 제거해주고 아르슬란 왕에게 빚을 하나 지우는 것이다. 오른쪽 뺨에 흉터가 있는 사내에게는 완전히 정반대의 운명이 기다리고 있는 셈이다.

어느 쪽이든 그것은 굴리의 억측이 적중했을 경우의 이야기다. 그가 단순히 떠돌이 나그네라면 아무런 의미도 없다.

'아니, 그게 아니지. 가령 그렇다 쳐도 그자를 히르메스 왕자로 내세워 파르스 국내에 파문을 일으키는 정도는 가능할 테니. 어차피 히르메스 왕자의 진짜 얼굴을 아는 사람은 그리 많지 않아. 활용할 수 있는 말이라면

최대한 활용해야겠지.'

 호사인 3세는 마음속으로 내린 결론을 입 밖에 내지는 않았다. 국가규모의 정략에는 얼마든지 선택의 여지가 있는데, 한번 입 밖에 내면 그때마다 그것이 줄어드는 것처럼 여겨졌다.

 호사인 3세 앞에 마시니사 장군이 다시 모습을 나타낸 것은 이때였다. 그는 파르스의 흑의기사에게 자칫 목숨을 잃을 뻔했을 때 오른쪽 뺨에 흉터가 있는 사내 덕에 살아났다. 감사를 해야 할 상황이지만 마시니사는 오히려 생명의 은인에게 반감을 품고 있었다.

 "그러한 외국인을, 그것도 정체 모를 자를 쉽게 신용하셔서야 되겠습니까. 폐하께서는 부디 주의하십시오."

 그렇게 진언하는 마시니사의 얼굴을 호사인 3세는 빤히 바라보았다.

 "그자가 미스르에 충성심 따위 품지 않았다는 것은 짐도 잘 아네. 그러나 그자가 파르스에 품은 증오의 마음은 그것을 보충하고도 남음이 있지. 그자는 파르스를 언제까지고 증오할 테고, 따라서 언제까지고 우리의 편일 게야."

 "하오나, 그렇다 하여도…… 폐하."

 "아니, 물론 그대가 우려하는 바는 잘 아네. 그자에게 이용당할 마음은 없어. 그자가 미스르에 해를 끼치려

할 때는 마시니사, 그대의 검으로 그자를 베어버리면 될 것이 아닌가."

"예!"

마시니사는 기뻐하며 고개를 숙였다. 호사인 3세는 자리에서 일어나, 장식이 된 자신의 낙타로 향했다.

'마시니사 저놈도 의외로 도량이 좁군. 저래서야 도저히 파르스군에 대항할 수 없지.'

내심의 실망을 감추며 그는 걸음을 옮겼다.

IV

이날, 파르스 샤오 아르슬란이 확인한 미스르군 무장들의 수급은 카라만테스를 비롯해 40에 이르렀다. 이제 막 18세가 된 젊은 샤오는 승리를 기뻐하지도 않고 담담히 승자의 책무를 다한 후 패장들의 머리를 밀랍에 절여 미스르로 보내도록 명령했다. 머리만이라도 보내 장사를 지내도록 해 주라는 마음이었다. 시종 엘람을 대동하고 아르슬란은 진지 내를 걸어갔다. 황금 투구는 벗어 옆구리에 낀 채 머리카락을 미풍에 나부꼈다.

아르슬란의 키는 이제 궁정화가 나르사스와 거의 비슷하다. 한 살 어린 엘람은 아르슬란보다 손가락 세 개 정도 작다. 두 사람 모두 이제는 소년이 아닌 젊은이였으며 파르스 풍으로 표현한다면 '밤하늘의 달이 차오르듯' 심신 모두 성장을 거두고 있었다. 그들은 국왕과 신하였으나 생사를 함께 했던 벗이었으며, 또한 같은 스승 나르사스에게 배우는 동문 사형제이기도 했다.

걸음을 멈추고 아르슬란은 흑발의 벗에게 어깨 너머로 시선을 보냈다.

"희생 없이는 승리도 얻을 수 없구나, 엘람. 머리를 보내준다 해도 미스르 병사들의 유족에게는 슬픔만 더할 뿐일지도 모르는데."

"그렇습니다. 하지만 부디 필요 이상으로 마음을 쓰지는 마십시오. 나머지는 미스르인들의 마음에 달린 것입니다."

열일곱 살치고 제법 분별 있는 소리를 할 수 있는 것은 스승의 영향이다. 아르슬란이 입가에 씁쓸하게 웃음을 지은 것은 엘람이 점점 나르사스를 닮아간다고 느꼈기 때문이었다.

때마침 두 사람의 앞쪽에 나르사스가 나타났다. 진중인데도 갑주를 걸치지 않고 검만 찬 가벼운 차림이었다. 한 손에 든 승마용 채찍은 이것 한 자루로 10만 대군을 움직인다는 군사의 상징이었다.

과거 다이람 지방의 영주였던 나르사스는 아르슬란보다도 열두 살 연장자여서 딱 서른 살이 되었다. 예전부터 약속했던 대로 그는 새로운 샤오에 의해 궁정화가로 임명되었다. 이때 그의 벗인 흑의기사 다륜은 말없이 하늘만을 바라보았다.

공식 문서에 그의 이름과 관직이 기록될 때 '프라마트(부재상) 겸 궁정화가 나르사스 경'이라 적히자 나르사스는 말없이 펜을 들어 이렇게 고쳐 적었다.

'궁정화가 겸 이따금 부재상 나르사스'.

지금 바로 그 궁정화가 겸 이따금 부재상인 나르사스가 다소 젠체하며 국왕에게 고개를 숙였다.

"다소 피비린내가 나기는 했지만 즉위기념일의 승리를 감축드립니다."

"늘 있는 일이지만 그대 덕일세."

"아닙니다. 다 저들의 활약 덕이지요."

나르사스가 가볍게 채찍으로 가리킨 방향에는 매 한 마리와 2기의 사람 그림자가 보였다. 매는 아르슬란의 날개 달린 친구 '아즈라일'이었다.

'아즈라일'은 이미 어린 새라고 부를 나이가 아니었다. 샤오슈얀트(해방왕) 아르슬란의 원정마다 참가해 인간 못지않은 무훈을 거듭한 노련한 용사였다. 그 용사가 지금 횃대로 삼은 것은 흑의를 두른 용장의 어깨였다. 흑의의 마르즈반(만기장) 다륜. 올해 서른한 살. 무쌍의 용맹은 더욱 원숙해졌으며 날카롭고 정한 얼굴에는 침착함이 더해져 대륙공로 최강의 전사라는 풍격을 갖추고 있었다.

그의 옆에서 말을 타고 나란히 서 있던 것은 파랑기스였다.

검은 비단 같은 머리카락, 녹옥 같은 눈동자, 백옥 같은 피부, 사이프러스 같은 자태. 카히나 파랑기스는 3년 전과 다를 바 없이 아름다워 늠름하게 무장을 한 미의 여신 아시로 착각할 정도였다. 아르슬란이 즉위한 후 한번은 후제스탄의 미스라 신전으로 돌아갔으나 이내 호출을 받아 브라흐만(궁정고문관)과 아무르(파견감찰관) 두 가지 관직을 받았다. 양쪽 모두 정해진 직무가 있는 것은 아니며 일이 있을 때 샤오의 의논 상대가 되거나, 또는 특명을 띠고 샤오의 대리를 맡는 것이다. 그녀에게는 매우 어울리는 자리일지도 모른다.

다륜과 파랑기스는 말에서 내려 젊은 샤오에게 경례하고, '아즈라일'은 우아하게 날아올라 아르슬란이 내민 팔에 내려앉았다.

아르슬란이 파르스 왕국의 통치자로서 세운 가장 큰 공적은 뭐니 뭐니 해도 강대한 외적들을 격퇴했다는 것이다. 서방의 루시타니아와 동방의 투란은 모두 대군을 몰고 쳐들어와 파르스의 부를 약탈하려 했으나 호된 참패를 당했다. 루시타니아 국왕 이노켄티스 7세도, 투란 국왕 토크타미시도 타향의 흙이 되었고 그들의 군기는 쓰러진 채 다시 일어나지 못했다.

"영웅왕 카이 호스로 이래의 무훈일진저."

음유시인들이 그렇게 감탄하는 것도 당연했다.

이 거대한 무훈과 휘하 병력은 파르스 전국을 압도했다. 게다가 항구도시 길란의 거상들이 풍부한 재력으로 아르슬란의 병력을 지탱해주었다. 파르스력 321년 9월, 아르슬란이 소소한 즉위식을 거행했을 때 왕도 엑바타나에는 귀족의 9할 이상이 모여, 내심은 둘째 치더라도 새 샤오에게 성대한 박수를 보내며 공손히 충성을 맹세할 수밖에 없었다.

"구시대를 파괴해준 루시타니아에게 감사하도록 하자. 그들이 파르스에 쌓인 먼지를 떨어내주었으니까."

나르사스가 그렇게 말했을 정도였다. 매우 얄궂은 발언이기는 했지만 일면 진리이기도 했다.

극악무도한 침략자는 이따금 침략을 당한 나라의 묵은 사회질서를 파괴하고, 그 결과 국가재생에 힘을 보태주는 경우가 있다. 어디까지나 결과적으로 그렇다는 뜻이다. 루시타니아는 영토와 부를 탐해 파르스를 침략했지만 결국 아르슬란이 등극하고 파르스가 재생하도록 힘을 빌려주고 만 셈이다. 구체제를 지탱하던 바주르간(귀족)과 샤흐르다란(제후)은 힘을 잃었으며, 굴람(노예) 제도는 폐지되고, 부패했던 신관들은 모조리 사라졌다.

이러한 귀족이나 신관들은 안드라고라스 왕 이전의 특권을 회복하려 했지만 아르슬란도 나르사스도 그들을 상대해주지 않았다. 자신들에게 아무런 공적도 없다는 점을 잊고 그들은 새 체제를 원망했다.

그러나 그러한 불평분자들을 규합해 지도할 만한 자가 없었다. 아르슬란의 통치를 이론적으로 비판하고, 이에 대항할 만한 정책을 내세우며, 조직을 만들고, 주위의 여러 나라와 몰래 연락을 취해 포위망을 구축할 만한 능력을 가진 자가 없었던 것이다.

"아니, 하나 있기는 있지."

그렇게 말한 사람은 다륜이었고, 그의 손가락이 가리킨 자는 나르사스였다. 하기야 나르사스의 권모술수와 지략이라면 아르슬란 왕의 치세를 뒤집어버리는 것도 가능하리라. 하지만 나르사스는 적어도 현재까지는 뒤집는 것이 아니라 만들어내는 데 열심이었다.

"헌데 파랑기스 공, 조금 전에는 그대의 화살 덕에 살았네. 그때는 무언가 사정이 있는 것처럼 적진 쪽을 보는 듯했네만?"

다륜이 미모의 카히나에게 묻자 파랑기스는 고개를 끄덕이며 반문했다.

"그러면 그대에게는 짚이는 바가 없으셨나?"

파랑기스는 신기를 자랑하는 활의 달인이며 당연히 시력은 매우 날카롭다. 그녀는 전장에서 기묘한 적을 보았다. 미스르군의 일원이기는 했지만 차림은 미스르인이 아니었으며, 말을 타는 모습은 파르스 풍이었다. 아무리 그래도 얼굴까지는 자세히 보지 못했지만 번뜩이는 두 눈, 재빨리 얼굴을 감추는 몸놀림이 파랑기스에게 불길한 인상을 주었던 것이다.

다륜은 고개를 갸웃했다.

"나에게는 짚이는 바가 너무 많은걸. 누구인지 감도 안 잡히는군."

지난 4년 동안 다륜이 검광 밑에 장사 지냈던 난적은 헤아릴 수도 없다. 그들의 출신 국가 또한 파르스, 루시타니아, 신두라, 투란 4개국에 이르렀으며 오늘 여기에 미스르가 더해졌다. 유령이나 복수자의 존재를 마음에 두었다간 한이 없다.

"내가 유감스럽게 생각하는 것은 그 미스르인에게 제대로 응보를 내려주지 못했다는 걸세. 아르슬란 폐하를 참왕이라고 지껄이다니, 혀도 성품도 썩어빠진 놈. 다시 붙게 되는 날이 있다면 한껏 반성하게 해 주겠네."

마시니사가 다시 다륜의 안광과 재회할 날이 온다면 혀가 얼어붙는 심정을 겪게 될 것 같았다. 파랑기스는 단아한 입가에 미소를 지었다.

 아르슬란이 구 왕가의 피를 잇지 않았다는 사실을 공표하겠다고 했을 때는 물론 반대 의견도 있었다. 엘람도 조심스럽기는 했지만 반대를 표한 사람 중 하나였다. 나르사스는 화를 내지 않았다.

"너도 나름대로 이익을 내다보았기에 비밀로 하고 싶다는 것이겠지. 아르슬란 폐하께서 선왕의 친아들이 아니라는 사실을 감추면 어떠한 이익이 있을까, 엘람?"

 스승의 질문에, 엘람은 역시나 물어볼 줄 알았다고 생각하며 될 수 있는 대로 논리정연하게 설명했다.

"쓸데없는 파란이 일어나지 않을 것입니다. 뭐니 뭐니 해도 사람들은 왕가의 혈통이란 것을 중시하니까요. 또한 폐하께서 구 왕가의 피를 잇지 않았다는 사실을 구실로 타국이 우리나라에 간섭할 우려도 있을 것입니다."

"일리가 있구나. 하지만 엘람, 이 경우에는 감추어두는 편이 해가 클 거다."

 새로운 샤오에게 출생의 비밀이 있다면 반대파는 반드시 이를 캐내려 할 것이다. 캐내서, 비밀을 무기처럼 쳐들고 그것으로 새 샤오의 권위를 해치려 할 것이다. 그때는 감추었다는 사실 자체가 새 샤오의 약점이 된다. 그렇게 된 후에 '혈통 따위 아무런 의미도 없다'고 말한들 설득력이 없지 않겠는가.

"아르슬란 폐하께 떳떳치 못한 비밀 따위 아무것도 없소. 물론 구 왕가의 혈통을 잇지는 않았지만 선왕 안드라고라스 폐하께 왕태자로 공인을 받으신 몸이 아닌가. 왕통을 잇는 데 그 무슨 부족함이 있겠소. 이를 부정하는 것은 곧 선왕의 뜻을 부정하는 것. 신하로서 천부당만부당한 행위라 생각하오만, 어떻게 생각하시는지?"

이것이 국내외에 대한 나르사스의 논법이었다. 처음부터 공개된 비밀은 협박자에게는 가치를 잃는다. '누구나 아는 사실인데 그게 어쨌다고' 한마디면 끝난다. 민중에게는 선정을 베풀어주는 현재의 국왕을 쫓아내고 '정통한 샤오'를 맞이해봤자 아무 의미도 없다. 해방된 굴람들에게는 두말할 나위도 없다. 민중의 신뢰를 확고히 다지고 국력을 강화하는 것. 그것이 바로 새 샤오의 권위를 정당화해주는 유일한 길이다.

"잘 알겠습니다, 나르사스 님. 그래도 한 가지 마음에 걸리는 일이 있습니다."

엘람이 한 말은 안드라고라스 왕에게는 다른 아이가 있었으며, 스스로 나서면 어머니인 타흐미네 왕태후와 재회시켜주고 바스푸흐란(왕족)으로서 후히 우대하겠다고 나르사스가 공표했던 점이었다.

"만약 안드라고라스 폐하의 자식이라고 나서는 가짜가 끊이지 않는다면 어떻게 하시겠습니까? 그거야말로 쓸데없는 혼란을 초래하게 되지 않을까요?"

그러자 나르사스는 가볍게 웃어넘겼다.

"끊임없이 나타났으면 좋겠구나. 그렇게 되면 진짜의 신뢰도가 떨어지지. 또 가짜가 나타났구나, 하고 말이야. 아르슬란 폐하께는 아무런 피해도 가지 않아. 그렇지 않겠느냐?"

"아, 그렇구나."

엘람은 수긍하고 얼굴을 붉혔다. 자신이 아직까지 사부에게 크게 미치지 못한다는 점을 자각은 했지만 이런 문답을 나눌 때마다 그 사실을 통감하곤 했다.

아르슬란이 구 왕가의 혈통을 잇지 않았다는 사실은 공공연한 사실이 되었지만 동시에 기묘한 전설도 유포되었다. 사실은 아르슬란이야말로 고대의 성현왕 잠시드의 정통한 자손이라는 것이었다. 사왕 자하크와 카이호스로의 혈통이 지배하는 기간을 거쳐, 이제야말로 성현왕의 치세가 부활한 것이라고.

그 어리석은 전설을 나르사스는 굳이 막으려 들지 않았다. 그것은 아르슬란이 새 왕조의 시조로 인정을 받은 것이나 다름없었기 때문이다.

"혹시 그 전설을 나르사스가 유포한 건 아니겠지?"

아르슬란이 한번 물어본 적이 있었다. 나르사스는 손가락 끝에 묻은 그림물감 얼룩을 천으로 닦으며 태연히 대답했다.

"별 농담을 다 하십니다, 폐하. 이 나르사스가 꾸몄다면 더 그럴듯한 이야기를 마련했을 것입니다. 성현왕의 자손이 어쩌고 하는 말은 어리석은 혈통숭배일뿐 아니겠습니까?"

"그렇군. 그건 그래."

물론 나르사스는 농담이 아닌 말도 했다.

"사람이 살아가는 세상에서 완벽을 바라지는 마십시오. 완벽을 바라는 정사政事는 많은 죄인을 만들어내고, 밀고를 늘리고, 인간의 마음을 어둡게 하는 법입니다. 부디 폐하 자신도 불가능을 바라거나 하지는 마십시오."

이상의 등불을 내걸고 현실의 길을 걷는다. 나르사스가 왕의 스승으로서 설파하는 내용은 항상 그것이었다. 아르슬란은 통치자일 뿐 종교가가 아니다. 천상이 아닌 지상에 왕국을 세워야 한다. 사람을 죽이는 것은 큰 죄지만 외적이 쳐들어오면 싸워 물리쳐야 한다. 사람을 속이는 것도 죄지만 적을 꺾기 위해서는 책략이 필요할 때도 있다. 정치를 하는 이상 모든 사람과 모든 도덕을 만족시킬 수는 없다.

나르사스에게 배우면서 아르슬란은 이제까지 큰 탈 없이 파르스를 통치해왔다.

미수에 그친 반란이나 공식 기록에 남길 수 없는 음모

같은 것도 몇 번 있었으므로 '해방왕의 치세가 완전히 안정된 것은 아니다'라는 말도 들린다. 물론 완전히 안정된 치세 따위 있을 수 없다. 개혁을 추진하면 반드시 적을 만든다. 이제까지 특권 위에 거들먹거리고 앉아 부를 독점하던 자들은 개혁자를 극렬히 증오할 것이다.

"누구에게도 원망을 사고 싶지 않다면 아무 일도 하지 않으셔야 합니다. 아니, 그것조차 아무것도 하지 않는다고 비난의 원인이 되겠지요. 그것도 싫으시다면 왕관을 버리십시오. 그러면 왕권의 무게에 견디다 못해 도망쳤다는 험담 말고는 듣지 않으실 겁니다."

'험담만 듣지 않는 인생'이 얼마나 무의미한 것인지 아르슬란은 이미 배웠다. 물론 무턱대고 적을 늘릴 필요는 없겠지만 모든 사람을 편으로 삼을 수도 없는 것이다.

아르슬란은 굴람 제도를 폐지하고 인신매매를 금지했다. 이것은 파르스 국내만이 아니라 여러 이웃 나라가 놀랄 만한 일이었으므로 제일 먼저 미스르 왕국이 군대를 일으켜 반대 의사를 드러냈다. 이를 격퇴한 것은 좋지만 노예제도를 유지하는 국가와 폐지한 국가가 인접한 이상 앞으로도 전쟁의 불씨는 남아있을 것이 분명했다.

"굴람들은 대부분 넓은 시야를 가지지 못했습니다. 눈앞의 욕심에만 흔들리고, 또한 자신만 잘 되면 그만이라고 생각합니다. 이것은 그들 자신의 죄가 아니라 그들에게 교육과 목적을 주지 않았던 자들의 죄입니다."

굴람들을 자립시키기 위해 상당한 국비가 쓰였다. 주로 황야를 개척해 농지를 넓히고 용수로나 주택을 지을 비용이었다. 해방된 굴람들을 집단으로 나누어 지도자를 선출했으며, 개척한 토지는 3년 후에 개척자의 사유지가 된다. 그러한 제도를 나르사스가 정비하는 한편, 전란에 사라진 대귀족들의 장원도 개방할 것을 권했다. '자작농을 길러 중산계급을 증가시켜 왕권을 안정적으로 만든다'는 나르사스의 통치법은 급속도로 결실을 거두고 있었다.

V

『샤오 아르슬란 폐하께서 디즐레 강변에서 미스르군을 격파하였다. 적은 2만이 전사했으며 유명한 용장 카라만데스도 다시 진두에 설 수 없게 되었다.』

이 소식이 전해지자 밤을 맞은 파르스의 수도 엑바타나는 환호성에 휩싸였다. 디즐레 강변에서 엑바타나까지는 120파르상(약 600킬로미터)나 떨어져 있지만 대륙공로를 따라 나르사스가 구축한 봉화대와 전서구 연락망 덕에 겨우 한나절 만에 보고가 도달했던 것이다.

프라마타르(재상) 루샨과 에란(대장군) 키슈바드가 수

배해 왕도의 시민들에게 1만 통의 포도주가 제공되었다. 광장에는 수천 개의 횃불이 밝혀지고 피리며 우드 소리가 활기찬 음악을 연주했으며 노래와 춤이 이어졌다. 샤오 아르슬란이 열흘 후에 개선한다는 소식을 루샨이 시민들에게 알리자 들끓는 환성이 밤하늘의 별들을 두드렸다.

루샨은 나르사스가 발휘한 현란한 지략의 광채 앞에서는 존재감이 흐려진다. 아르슬란이 왕위를 얻을 때에도 그의 활약은 그리 눈에 뜨이지 않았다. 선왕 안드라고라스의 위압과 박력에 억눌려 아무것도 하지 못했던 것처럼 보였던 것이다. 그 무렵에는 그저 무력한 늙은 귀족일 뿐이었다.

그럼에도 즉위와 동시에 아르슬란은 루샨을 재상으로 임명했다. 루샨의 온건하고도 공정한 인물 됨됨이에 호의를 품었고, 나르사스도 그를 천거해주었기 때문이다.

"루샨 경은 파르스의 구세력 중에서 가장 인격적으로 신뢰할 수 있는 분입니다. 루샨 경을 재상 자리에 앉히신다면 구세력도 외국도 불안을 품지 않을 테고, 저 같은 자들도 마음껏 활개를 칠 수가 있지요."

국가제도의 변혁도 그렇고 외국과의 외교나 전쟁도 그렇고, 사실상 나르사스가 입안하고 지도한 것이다. 재상은 샤오의 곁에 앉아 축전이나 의식을 관장하고 궁정

관리들을 지도감독하며 법과 관습에 따라 샤오가 행할 재판에 조언을 한다. 외국의 대사를 접대하고 공평한 인사를 관장한다. 그런 일들을 루샨은 성실하게 수행해주었다. 그러면 충분했다.

축제는 지상에서만 벌어진 것이 아니었다. 왕도 부근의 수로에는 백 척 가까운 나룻배가 나왔으며 여기에 탄 사람들이 횃불을 들고 "아르슬란 폐하 만세!"를 외쳤다. 한밤의 수면에 불이 비쳐 수만의 보석을 깔아놓은 것처럼 아름다웠다. 이를 연출한 것은 왕도를 경비하는 장군 자라반트였다.

루시타니아군이 파괴했던 저수지와 수로의 복구공사를 지휘했던 사람이 바로 자라반트 경이었다. 이 젊은 거한은 생각지도 못한 재능의 소유자임이 판명되었다. 토목공사가 주특기였던 것이다. 지형을 읽고 도면을 그리는 것도 잘했지만 공사를 지휘하는 솜씨가 매우 뛰어났다. 원래 국가적인 토목공사에 매진하면 민중에게는 피해가 가게 마련이다. 하지만 수로를 복구하지 않으면 왕도 엑바타나 전체가 말라붙어 멸망하게 될 것이다. 하루라도 빨리 공사를 마쳐야만 했다. 자라반트는 자원해서 공사 지휘를 맡았다.

그는 우선 거액의 보수를 주겠다고 포고해 3만 명의 노동자를 모았다. 다음에는 이들 3만 명을 2천 명씩 15개

집단으로, 한 집단을 100명씩 20개 조로 나누었다. 각 조와 집단에 통솔자를 두어 분담해 공사를 진행시켰다. 공사를 빨리 마친 조에게는 상금을 내려 서로 경쟁을 시켰다. 원래 수리와 토목기술에서 파르스는 루시타니아보다 월등히 진보했다. 이렇게 해 루시타니아인 기술자가 3년은 걸릴 거라 내다보았던 수로 복구공사는 4개월 만에 완성되었던 것이다. 완성 당일에는 양 천 마리, 포도주 5천 통과 함께 약속보다 1할 많은 보수가 지급되어 엑바타나에는 축제와도 같은 활기가 넘쳐났다…….

아르슬란의 승보가 왕도에 울려 퍼진 이날 밤, 한 술집에서는 일곱 명의 사내가 얼굴을 맞대고 시민들의 활달한 노랫소리에 귀를 막듯 음침하게 잔을 나누고 있었다. 훌륭한 비단옷을 입은 장년 사내들이었지만 그 비단옷은 곳곳이 찌들고 해져 추레한 인상이었다. 루시타니아의 침략과 아르슬란의 즉위 때문에 몰락해버린 명문가의 사내들이었다.

"새 샤오도 참 별짓을 다 하는군."

"이대로는 파르스의 부와 영화는 무식한 굴람 놈들에게 다 빼앗겨 버릴 걸세."

"우리 명문 출신들을 업신여겨도 분수가 있지."

그들의 목소리에는 음산한 감정이 묻어났다. 선조에게 물려받은 특권을 빼앗기고 이를 회복하지 못한 자들의 목소리였다. 시대가 바뀌었는데도 그 사실을 인정하지 못하는 것이다. 새로운 시대에 대응할 수도 없고, 그렇다고 옛 시절로 되돌릴 만한 실력과 의지도 없다. 몰락한 자들끼리 이마를 맞댄 채 젊은 샤오와 신하들을 욕하고 옛날을 그리워할 뿐이었다.

 새 샤오는 딱히 그들을 배제해버린 것은 아니었다. 일을 할 마음이 있는 자들은 나오라고 했지만 그들은 신분 낮은 자들과 함께 일할 마음이 없었던 것이다.

 "참으로 한심하군. 악정惡政에 반항할 기력도 없이 그저 입만 산 것들."

 그 목소리는 옆자리에서 날아들어 일동의 귀만이 아니라 마음마저도 후벼팠다.

 발언한 자는 자신의 위치를 교묘히 계산한 모양이었다. 등불의 그림자가 드리워지는 아슬아슬한 범위에 자리를 잡고 앉았으며 후드를 눈가까지 깊이 뒤집어써 표정을 감추었다. 그러나 목소리의 어조까지 감추려고는 하지 않았다. 명백한 조소가 몰락한 귀족들의 비대한 자존심을 상처 입혔다. 한 사람이 두 눈에 핏발을 세우며 무례한 사내를 노려보았다.

 "천한 것이 어디서 감히 웃고 있느냐. 우리는 유서 깊은 파르스의 명문이다. 부당한 모욕을 입고도 그대로 넘어갈 줄 아느냐."

"호오, 화를 내시겠다? 화를 낼 수가 있나? 하긴, 싸워서 권리를 되찾지도 못하고 취해 불평만 늘어놓는 당신들이라도 화내는 척 정도야 할 수 있겠지."

"이놈이!"

고함을 지르며 일어난 사내가 허리춤의 아키나케스(단검)에 손을 뻗으려 했다. 그러나 뽑을 수는 없었다. 암회색 옷을 입은 자가 소매를 펄럭이자 가늘고 기다란 천 한 장이 허공을 미끄러져 날아와 뱀처럼 상대의 얼굴에 감겼던 것이다. 사내는 단검 자루를 쥔 채 뻣뻣이 서고, 눈을 두 번 깜빡할 시간이 지난 후 엉덩이부터 바닥에 풀썩 주저앉았다. 길게 늘어져 팔다리를 꿈틀거리더니 이내 움직이지 않게 되었다.

"걱정하지 마라. 기절시켰을 뿐이니."

암회색 옷이 조용한 조롱을 머금고 살짝 흔들렸다. 몰락 귀족들은 아무 소리도 내지 못했다. 권위로도, 실력으로도 짓누를 수 없음을 깨닫고 겁을 먹어 엉거주춤하게 서 있을 뿐이었다.

"자, 그래서 이제부터가 중요한 이야기인데……."

후드 안에서 두 눈이 녹슨 광채를 뿜어냈다.

"아르슬란은 인간이다."

"무, 무슨 당연한 소리를."

"우선 들어라. 아르슬란은 인간으로 태어난 몸이다.

다시 말해 불사의 생명을 받은 것이 아니야. 언젠가는 죽고, 놈의 치세도 끝날 테지."

"아니, 그야 그렇지만……."

몰락 귀족들은 맥이 빠졌다. 사내의 진의를 헤아릴 수 없었다. 그 자리에서 도망치지도 못한 채, 멀리 떨어진 식탁에서 날아드는 의아해하는 시선을 신경 쓰며 겨우 다른 한 사람이 입을 열었다.

"하지만 샤오는 젊어. 이제 겨우 열여덟이라고. 늙어 죽을 때까지 시간이 한참 걸리겠지. 그때까지 전통 있는 파르스의 초석은 송두리째 뒤집어지고, 굴람 놈들은 제 세상을 만난 것처럼 활개를 칠걸."

그러자 후드 안에서 웃음소리가 새나왔다. 음산하고 습기 찬, 그러나 분명한 웃음소리였다.

"뭐가 우스워!"

"그야 물론 그대들의 같잖은 생각이 우습지. 어이쿠, 그렇게 낯빛들 바꾸지 말라고. 그래, 아르슬란은 젊지. 하지만 예로부터 젊어서 죽은 왕은 수없이 있지 않았나?"

사내의 목소리는 일동에게 불길한 기억을 되살려주었다. 바로 그의 말처럼 파르스의 역대 샤오 중에는 젊은 나이에 세상을 뜬 자도 많았다. 제6대 고타르제스 1세는 하나뿐인 아들 바르흐란을 생후 반년 만에 잃고 자신도 그 직후에 죽었기 때문에 왕통은 사촌 아르타바스에게 옮겨졌다. 제7대 아르타바스도 일찍 죽어 왕통은 먼 일족인 오스로에스 3세가 물려받기에 이르렀다. 왕위를 둘러싼 온갖 음모와 내란, 반역, 암살, 처형이 파르스의 역사에 묻혀 있다. 그것은 많은 이들이 알면서도 공공연히는 입에 담지 못한 피의 알레프바(문자)였다.

사내들은 술기운이 깨면서 등에 오한이 퍼져가는 것을 느꼈다. 암회색 옷을 입은 사내는 무력 혹은 암살로 아르슬란을 타도하라고 말한 것이다. 몰락 귀족들은 두려워하지 않을 수 없었다. 아르슬란을 타도할 수 있다면 좋겠다고는 바라면서도 성공하리라고는 생각할 수 없었던 것이다. 그들에게는 나르사스의 지모도, 다륜의 무용도 없었으며, 애초에 용기가 없었다. 그들은 얼굴을 마주 보고, 한 사람이 겨우 입을 열어 변명했다.

"아르슬란 왕은 보검 루크나바드의 수호를 받고 있어. 도저히 손을 댈 수 없다고."

"그러면 그 보검 루크나바드를 빼앗아버리면 되지 않나."

대수롭지도 않다는 듯 암회색 옷을 입은 사내는 말했다. 시장의 가게에서 과일이라도 훔쳐오라는 듯한 어조였다. 일동은 반쯤 넋이 나간 것처럼 움직이지 못했다. 식탁 위의 요리는 아무도 손을 대지 않아 허망하게 식어

갈 뿐이었다.

보검 루크나바드는 샤오 아르슬란을 수호하는 신기神器이며, 왕좌 뒤의 벽에 걸려 있다. 이는 결국 개국시조 카이 호스로의 영이 아르슬란의 왕권을 인정하고 그를 수호한다는 뜻이었다. 나르사스는 이를 무조건적인 것이라고는 보지 않았다. 보검은 어디까지나 상징일 뿐이며, 왕권은 왕의 선정과 민중의 지지로만 성립된다고 그는 말했다. 단, 말귀를 알아먹지 못하는, 낡은 권세에만 매달리려는 자들에게는 보검의 존재가 무엇보다도 큰 웅변이 되는 것이다.

그 보검이 아르슬란의 손에서 사라진다면 어떻게 될까.

외경심에 사로잡힌 나머지 마비되었던 일동의 귀에 독액이 목소리가 되어 부어졌다.

"어떤가, 누군가 해보지 않겠나? 만일 보검 루크나바드를 얻을 수 있다면 그자야말로 파르스의 샤오가 되는 거지. 보라고, 실제로 아르슬란 놈은 샤오의 핏줄을 잇지 못한 천한 몸이 아닌가. 그대들 중 누군가가 놈을 대신한다 해도 아무런 이상할 것이 없어. 어때, 그렇지 않나……?"

이윽고 한밤이 지나 주점도 문을 닫을 시각이 되었다. 주점 주인은 가게 한구석에서 오랫동안 밀담을 나누던 손님들을 쫓아내고자 나섰으나, 그들이 딱히 폭음을 하는 것도 아니면서 몸을 잃은 망령처럼 비틀거리는 것을 의아하게 여겼다. 듣자하니 샤오 폐하를 비방하는 것 같기도 했으므로 관청에 고발해줄까도 생각했지만 제일 마지막 손님이 자신의 얼굴에 싸늘한 입김을 분 순간 바닥에 주저앉고 말았다. 그리고 이튿날 아침에 눈을 떠보니, 자기가 왜 가게 바닥에서 잠을 자고 있었는지, 도무지 생각이 나질 않았다.

제2장 수렵제

I

 디즐레 강변에서 미스르군을 격퇴한 샤오 아르슬란이 왕도 엑바타나로 귀환한 것은 10월 8일이었다. 재상 루샨, 에란 키슈바드, 왕도 경비대장 자라반트와 같은 신하들의 환영을 받으며 아르슬란은 왕도의 문으로 들어섰다. 이미 저녁 시간이어서 민중들은 수만 자루의 횃불과 함께 왕의 무훈을 칭송했다. 그리고 하룻밤이 지나 10월 9일, 아르슬란은 이른 아침에 군을 이끌고 이번에는 동쪽으로 향했다. 바쁜 동향이었다.
 일설에는 왕궁에 있으면 재상 루샨이 한 마디 건너 한 번씩 결혼을 권하기 때문에 그것이 싫어서라고 한다.

아르슬란도 열여덟이 되었으니 결혼을 해도 좋을 나이이기는 했다. 결혼을 해 아이를 얻지 않는다면 왕위를 계승시킬 자가 생기질 않는다. 루샨을 비롯한 중신들이 '아르슬란 2세'의 탄생을 고대하는 것은 사실이었다. 그리고 그들이 권하는 온갖 혼담에 아르슬란이 입을 다물기만 했던 것 또한 사실이었다.

그러나 이번 건에 한해서는 엄연히 이유가 있었다. 이웃나라 신두라의 라자(국왕)를 맞아 샤흐리스탄 평야에서 성대한 하르나크(수렵제)를 거행할 예정이었기 때문이다. 샤흐리스탄은 파르스 5대 수렵장 중 하나였다. 그리고 파르스력 321년 5월에는 이 평야와 부근의 산 마누엘 성에서 파르스군과 루시타니아군이 충돌해 갑주를 입은 맹수들이 무기를 휘둘러 피를 흘리기도 했던, 파르스 해방전역의 중요한 전장 중 하나이기도 했다.

파르스인만이 아니라 기마민족에게 수렵은 매우 중대한 행사다. 군대의 훈련으로서도, 궁정이나 종교상의 행위로서도, 그리고 외교의 도구로서도. 고타르제스 대왕 치세 때는 6개국의 왕이 하르나크에 초대받아 파르스의 번영과 대륙공로의 평화를 축하하며 서로 우호를 맹세했다.

평화와 우호의 맹세란 유감스럽게도 영원히 지속되지 않는 법이다. 그 후 파르스는 주변 뭇 국가들 전체와 싸워 피를 흘리게 되었다. 그러나 영원히 이어지는 전쟁 또한 없다. 이번에 신두라 라자 라젠드라 2세를 초청한 것은 과거에 맺었던 화평조약을 연장시킬 회담을 위해서이기도 했다.

따라서 아르슬란은 왕궁에서 머무는 하룻밤 동안 노대에서 민중들의 환호성에 보답했을 뿐, 이튿날 아침 곧바로 샤흐리스탄 평야로 갔던 것이다.

한때는 화려하고 장엄했던 왕궁은 루시타니아군의 파괴와 약탈 때문에 황폐해졌다. 그러나 루시타니아군도 그 후 자신들의 왕궁 겸 총사령부로 삼기 위해 어느 정도는 수리를 해두었고, 왕위에 오른 아르슬란도 3년에 걸쳐 손을 보아 일단 대국의 왕궁으로 손색이 없을 만큼은 위용을 회복했다. 아르슬란은 사치를 좋아하지 않지만 전쟁이 끝난 후의 인심을 안정시키기 위해서라도 어느 정도 훌륭한 왕궁은 필요했다.

아르슬란이 행군해 나아가는 공로에는 2파르상(약 10킬로미터)마다 봉화대가 설치되어 있었다.

외적이 침공했을 때는 국경에 설치된 성새들이 주민을 수용하며 굳게 문을 닫고 오로지 방어에만 전념한다. 한편 공로를 따라 마련된 봉화대가 봉화를 이어 나가 한나절 만에 왕도 엑바타나에 급보를 알리면, 왕궁에 주둔한 기병부대가 즉시 출동해 국경으로 달려나간다. 이

것이 부재상으로서 나르사스가 고안했던 새 왕조의 군사제도였다. 실제로 미스르가 침공했을 때는 이 제도가 활약했다.

파르스는 강병국가이기는 했지만 루시타니아의 침공으로 많은 병사와 역전의 지휘관을 잃었다. 전쟁이 끝난 후에도 일단은 국토와 경제부터 부흥시켜야 했으므로 반감된 병력을 효율적으로 사용할 필요가 있었다. 언제 일어날지 알 수 없는 전쟁에 대비해 동서 국경에 10만이나 20만의 병력을 주둔시켜둘 여유는 없다. 따라서 필요한 장소에 될 수 있는 한 빠르게 병력을 파견하는, 기동력이 지극히 중요해진 것이다.

'샤오 아르슬란의 십육익장十六翼將'이라 불리는 이들은 모두 기병 지휘관이다. 과거 파르스의 보병은 굴람이었으나 굴람 제도가 폐지되어 아자트(자유민)가 되었다. 그렇다면 봉급을 지불해야만 하므로 자연스레 병력의 숫자도 제한되게 마련이다.

한편 '십육익장'은 파르스 왕국의 정식 군사제도로 존재했던 것이 아니라, 음유시인들이 '해방왕과 그의 마르단(전사)들'이라는 사적을 읊조릴 때 특별히 거론되는 열여섯 명의 이름이다. 그들은 청중을 향해 "십육익장의 이름을 아는가?"라고 물었고, 청중은 손을 꼽으며 헤아려 대답하곤 했다.

"다륜, 나르사스, 기이브, 파랑기스, 키슈바드, 쿠바드……." 이렇게 시작해, "……엘람."으로 끝난다. 엘람이 말석인 이유는 그의 나이가 제일 어렸기 때문이다. 그러나 파르스력 324년 10월 시점에서 아르슬란을 섬기는 자는 15명. 아직 전원이 모인 것은 아니었다. 그들 중 자스완트는 신두라인, 짐사는 투란인이었으므로 외국인도 아르슬란 밑에서 싸웠던 셈이다.

흔히 말하는 '십육익장' 중 최연장자는 애꾸눈 쿠바드였다. 파르스력 324년 가을에 그는 서른다섯 살이 되었다. 원래 같으면 최연장자로서 전체를 통솔해야 하는 입장이지만 쿠바드에게는 그럴 마음이 없었다. 에란 자리도 키슈바드에게 양보했다. 정확하게는 떠넘겼던 것이다.

"나한테는 안 어울려."

표면상의 이유는 그랬으며, 이 자기평가에는 아무도 반론할 수 없었다.

키슈바드는 가문으로 보더라도 파르스에서 최고의 무인이었다.

"해방전쟁에서 최대의 무훈을 세운 다륜 경이야말로……."

그는 이런 말과 함께 에란 자리를 고사했다. 그러나 다륜은 키슈바드보다도 나이가 어리며 마르즈반을 지냈던 기간도 짧다는 이유로 이를 거절했다. 결국 아르슬란의 결정에 따라 키슈바드가 에란이 되어 장군들의 수석을 맡았던 것이다.

에란 자리를 둘러싸고 세 명의 마르즈반 사이에서 다툼이 일어나지 않았으므로 사람들은 안심했으며, 다륜과 쿠바드를 욕심 없는 사람이라고 칭송했다. 일면 사실이기는 했지만 쿠바드는 이런 상황에 에란이 되어 군사제도 개혁 때문에 고생하기 싫다는 것이 본심이었고, 다륜도 아직 한동안은 진두에 서서 싸우고 싶었던 것이다. 하지만 지위야 어쨌든 결국 파르스군의 최고지도부는 이들 세 사람으로 구성될 수밖에 없었다. 이리하여 키슈바드 이외의 두 사람이 '엘 에란(대장군격)'이라 불리게 되었다.

다륜의 무용은 루시타니아, 투란, 신두라 각국의 군대가 뼛속까지 알고 있다. 그러나 미스르군은 다륜의 무명을 소문으로만 전해들었을 뿐 실태를 아는 것은 아니었다. 물론 이번에는 달랐다. 용장 카라만데스를 쓰러뜨렸으며 마시니사를 패주시켰던 흑의기사는 미스르군에게도 '검은 공포'로 알려지게 될 것이다.

"난 이 이상 강해지지는 않겠지만 다륜은 더 올라갈 걸."

쿠바드가 이렇게 말한 적이 있고, 실제로 다륜의 무용

은 하루가 지나고 한 번의 전투를 겪을 때마다 향상되는 것 같았다.

아직까지 결혼을 하지 않으며 왕궁 밖에 저택을 두고 있지만 1년에 절반은 왕궁 안에서 당직을 선다. 그동안은 해방노예 노부부가 저택을 관리해주고 있다. 이따금 기관妓館에 발을 들이기도 하지만 정해진 여인은 없었다. 그 점에서는 나르사스도 마찬가지일 테지만 그의 경우에는 알프리드라는 존재가 있다.

알프리드는 할머니 때부터 내려오던 관습을 깨뜨려버렸다. 올해로 스무 살이 됐는데도 아직까지 결혼을 하지 않았던 것이다. 몸도 소녀에서 성인 여성처럼 성장하고 어딘가 모르게 요염함 비슷한 것도 풍기기 시작했지만, 언동이 숙녀다워진 것도 아니고 옛날과 다를 바 없는 어조로 나르사스와의 관계를 말하곤 했다.

"괜찮아. 나르사스랑 나는 영혼으로 이어졌으니까. 세속적인 형식 같은 거야 아무려면 어때. 그야 뭐 언젠가는 확실하게 매듭을 지어야겠지만 조바심 낼 필요는 없어."

알프리드 건에 관한 한 나르사스는 우유부단하다고 손가락질을 받아도 변명을 하지 못할 것이다. 어쨌거나 그도 알프리드에게 말하기는 했다. 앞으로 몇 년은 국사에 전념할 것이다, 국가보다도 연애나 가정을 우선시할 수는 없다고. 그 말에 알프리드는 순순히 승낙하고 몇 년 후를 즐거이 기다리게 된 것이다.

"너도 이해하겠지, 엘람. 나는 하루빨리 먼지 나는 속세를 떠나 미와 진실의 세계에서 안주하고 싶단 말이다. 그러니 어서 성장해 나의 무거운 짐을 어깨에서 내려다오."

나르사스가 절절히 말하자 엘람은 약간 비꼬듯 대답했다.

"부족한 몸이지만 할 수 있는 일은 다 하겠습니다. 하지만 나르사스 님, 저 짐만은 못 맡겠는걸요."

저 짐이란 물론 알프리드를 말하는 것이었다. 나르사스가 무어라 반응하지 못하고 있으려니 다륜이 시치미를 뚝 떼고 말했다.

"연애는 한순간, 후회는 영원. 분명 자네의 지론이었지, 궁정화가님?"

한편 연애나 사랑 이야기가 나오면 카히나 파랑기스는 어떠냐는 질문에 다음과 같이 대답한다.

"나는 미스라 신을 섬기는 몸. 몸은 지상에 있을지언정 마음은 지상에 없으며, 또한 귀에 진(정령)의 목소리는 들릴지언정 불성실한 사내들의 헛소리는 들리지 않네."

"그렇고말고요. 파랑기스 님은 내 아름다운 노랫소리만 들으시면 됩니다. 속세의 티끌로 그 아름다운 귀를 더럽히셔서야 되겠습니까."

여전히 카히나를 따라다니는 기이브가 열렬히 말하자

파랑기스는 싸늘한 시선을 옆으로 치웠다.

"이런, 속세의 기운이 응어리져 옷을 입더니 어느새 말도 할 수 있게 되었군. 심지어 길다란 혀가 대여섯 개나 달린 모양인걸."

"그건 오해입니다, 파랑기스 님. 저는 머리끝부터 발끝까지 성의와 겸손만으로 이루어진 남자니까요. 그 증거로 마음이 맑은 처녀만이 저의 진가를 꿰뚫어볼 수 있지요."

"마음은 맑아도 눈이 흐려서야 불성실한 사내의 먹이가 될 뿐이지. 참으로 개탄스러운 일일세."

그들의 대화를 듣고 있던 아르슬란의 입가에는 웃음이 피어났다. 그가 세월과 함께 얻었던 동료들은 변함이 없다. 언제까지고 이렇게 있어주었으면. 그렇게 바라지 않을 수 없었다.

"요즘 무언가 재미있는 일은 없었나, 두 분?"

다룬이 이야기에 끼어들었다. 파랑기스가 대꾸했다.

"그러고 보니 기묘한 도굴꾼이 있었다고 들었네."

"도굴꾼?"

"기이브가 얼마 전에 엑바타나 부근에서 맞닥뜨렸다더군."

그것은 다음과 같은 이야기였다.

II

 안드라고라스 왕의 능묘는 화려하지는 않지만 지나치게 간소하지도 않았다. 부왕 고타르제스 2세, 형왕 오스로에스 5세의 능묘와 나란히 엑바타나의 북방 5파르상(약 25킬로미터) 거리에 있는 안길라크라 불리는 언덕에 매장되었다. 과거 루시타니아군은 이곳을 도굴해 뭇 왕들의 보물을 약탈했지만, 2년 전에 복구공사가 끝났다. 예전처럼 화려한 분위기는 사라졌으나 수목림과 화단이 갖추어졌으며 여러 종류의 새들이 방사되어 고요한 품위를 자아내는 장소로 다시 태어났다. 왕들의 영원한 잠을 방해하는 일이 없도록 다양한 배려가 이루어졌다.
 이러한 능묘를 관리하기 위한 관리가 있다. 니자르 하라후르(왕묘관리관)라 불리며, 지위는 디비르(궁정서기관)와 동등하다. 까놓고 말해 묘지기지만 왕묘 부근의 신전에 안치된 보물을 지키며 '아르타바스 왕 사후 200년제' 같은 제식이 있을 경우에는 식전을 주관한다. 상당히 중요한 역직이기 때문에 어느 정도 격식 있는 귀족이 이 자리에 오르는 경우가 많았다. 보물을 노리는 도적들을 막기 위해 200명 규모의 무장한 병사들도 지휘해야 한다.

아르슬란 밑에서 왕묘관리관을 맡은 자는 필다스라고 하는, 재상 루샨의 일족이었다. 딱히 재기가 넘치는 자는 아니지만 직무에 충실하며 자신의 지위를 명예롭게 여겼다. 공적을 세워 출세하고 싶어하는 인물은 이러한 직책에는 적합하지 않을 것이다.

필다스는 50세였으며 더 이상 남을 밀어내고 위로 올라가려 하지도 않았다. 무사히 일을 마치고 느긋하게 노후를 보내는 것이 바람이었다.

10월 6일 밤에 있었던 일이었다. 필다스는 등불을 손에 들고 자택을 나왔다. 등불은 알코올을 태우는 청동제였으며 손잡이가 달려 있다. 왕묘를 한 바퀴 돈 후 잠자리에 드는 것이 그의 일과였다. 죽은 이의 잠을 깨우지 않도록 정적을 유지해야 하므로 병사들은 대동하지 않았다. 그러나 목에는 피리를 걸고 있어, 위급할 때 이를 울리면 병사들이 달려온다.

거의 보름달이었다. 필다스는 달빛 아래에서 천천히 길을 걸어나갔다. 사이프러스 가로수를 따라서 고타르제스 왕의 묘를 지나 안드라고라스 왕의 묘로 다가갔을 때 그의 평온은 깨졌다. 처음에는 착각인 줄 알았다. 하지만 분명히 소리가 들렸다. 밤이 깊어 잠들었어야 할 새들이 불안스레 술렁거렸다. 그 소리에 섞여 들려오는 기이한 소리는 도구를 이용해 흙을 파내는 소리였다.

필다스는 숨을 삼켰다. 시커먼 그림자가 안드라고라스 왕의 묘 밑에서 꿈틀거리고 있었다.

"서, 설마, 설마……."

필다스의 위장 밑바닥이 얼어붙고 피부에 소름이 돋았다. 무릎이 떨려 똑바로 서 있을 수가 없어 사이프러스 줄기에 매달렸다. 도망치거나 피리를 불어 병사들을 불러야 했지만 어느 것도 할 수 없었다.

상대가 단순한 도굴꾼이었다면 이렇게 공포에 떨지는 않았을 것이다. 무어라 표현할 수 없는 음산한 냉기가 눈에 보이지 않는 사슬이 되어 필다스의 몸과 마음을 속박했던 것이다. 다리에서 힘이 빠져나간 채 필다스는 신들과 선왕들을 모독하는 행위를 한밤의 장막 너머로 지켜보았다. 달빛 아래에서 시커먼 그림자는 계속 움직였다. 심해를 헤엄치는 괴어怪魚의 모습이란 이런 것일지도 모른다. 끊임없이, 착실하게 그림자는 흙을 파내 묘를 헤치고 있었다. 흙이 깎이고 돌이 부딪치는 소리가 끊임없이 이어졌으며 그 소리가 필다스를 이 세상의 것이 아닌 장소로 끌고 가는 것 같았다.

갑자기 누군가가 어깨에 손을 얹는 바람에 필다스는 하마터면 기절할 뻔했다. 얼어붙은 것 같은 목을 간신히 움직였다. 달빛 아래에 서 있던 것은 모자를 비뚜름하게 쓰고 검을 찬 여행객 차림의 사내였다. 우아함 속에 강인한 탄력을 감춘 몸이 설표를 연상케 했다. 얼굴 생김새까지는 보이지 않았지만 나직한 목소리는 젊게 느껴졌다.

"아르슬란 폐하의 후의로 황송하옵게도 감찰관 관위官位를 얻은 기이브라는 자요. 사정을 설명해주시면 고맙겠소만."

필사드도 감찰관 기이브의 이름을 알고는 있었으나 그것이 안심으로 이어지지는 않았다. 일반적으로 기이브의 평판이라고 하면 '불을 꺼주는 대신 홍수를 일으킨다'는 것이었으며, 심지어 어떻게 된 노릇인지 그 홍수에는 남자들만 쓸려 내려간다는 것이다. 하지만 이참에 이 사내가 나타나준 것은 필다스에게 신들의 도우심이었다.

"도, 도굴꾼이 나타났소. 무언가 괴이한 자가 선왕 폐하의 묘를 파헤치려 하고 있소. 보물은 신전에 있고 묘에 부장품은 없는데도, 대체 무엇이 목적인지."

필사적인 노력으로 간신히 그 말만을 전했다. 기이브는 말이 없었으나 어둠 속에서 살짝 눈살을 찡그린 것 같았다. 사이프러스 줄기에 반쯤 몸을 감추며 달빛 아래의 광경을 뚫어지게 보았다. 그는 파르스에서도 손꼽히는 활의 명수였으므로 시력은 필다스보다도 훨씬 뛰어났다.

이때 그는 딱히 정의의 사자로서 이 자리에 나타난 것이 아니었다. 내키는 대로 여행을 하면서 하르나크에 참가하기 위해 왕도로 돌아오다 여비를 다 써버렸던 것이다. 이럴 때는 감찰관이라는 신분이 고맙다. 하룻밤의 숙소를 요구하려고 왕묘관리관을 찾아와봤더니 이런 사태와 직면했던 것이다.

"재물도 없는 왕묘를 노린다니 취미도 고약한 놈이로고. 어디 정체를 확인해보도록 할까."

기이브에게는 기이브의 논리가 있다. 부장품을 노리고 묘를 파헤치는 것은 나름대로 괜찮은 사업이다. 애초에 죽은사람에게 재물 따위 필요도 없을 텐데 관에 넣어 저 세상까지 가지고 가겠다는 성품이 너무나 얄팍하지 않은가.

하지만 보물을 노리는 것도 아닌데 묘를 파헤친다면 대체 의도는 무엇일까. 구울(식시귀食屍鬼)도 아닌 한 그런 소행을 저지를 이유가 없다.

지난 3년, 기이브는 감찰관이라는 신분을 가졌으면서도 왕궁에는 이따금 들를 뿐 거의 파르스 전국을 여행하며 돌아다녔다. 아르슬란도 이 변덕스러운 악사를 새장 속에 가두려 하지는 않고 그가 귀환했을 때 여행 이야기를 듣기를 좋아했다. 기이브는 왕도 엑바타나에서 여독을 풀고는 당연하다는 표정으로 감찰관 봉급을 받은 다음 또 여행을 떠나곤 했다. 파르스력 324년 10월에 스물여섯 살이 되었는데도.

기이브가 달빛이 내리쪼이는 길 위로 나아가자 발밑에 깔린 자갈이 소리를 냈다. 시커먼 그림자는 동작을 멈추었다. 독기가 적의를 수반하고 휘몰아쳐 날아왔으나 기이브는 여유만만했으며 두려워하는 기색도 없었다.

"도굴이 나쁘다는 건 아닌데, 할 거면 들키지 않게 해야지. 물건을 중간에 누가 가로채기라도 하면 기껏 고생했던 게 물거품으로 돌아가잖아?"

가로채기의 명인인 기이브의 말이니 설득력이 넘쳐났다. 그러나 상대는 감동하지 않았다. 적의에 가득 찬 독기는 더욱 강해져, 뒤에 숨어 있던 필다스는 열심히 구역질을 억눌러야 했다. 기이브는 눈썹 하나 까딱하지 않았다. 내심이야 어쨌든 적에게는 결코 약한 모습을 보이지 않는 사내였다.

변화는 급격했다. 시커먼 그림자의 손에서 뱀이 뛰어나와 기이브의 안면으로 엄습했다. 기이브의 손에서는 섬광이 번뜩였다. 채찍을 치는 듯한 소리가 허공을 후려치고 뱀은 둘로 갈라져 땅에서 몸부림쳤다. 시커먼 그림자는 이미 한 줄기 바람이 되어 한밤의 어둠 속으로 달려나간 후였다.

쫓아가려던 기이브는 발을 멈추었다. 검을 내밀어 지

상의 뱀을 들어보았다. 생명 없는 가늘고 기다란 천 조각이 허공에서 나풀대다 다시 땅에 떨어졌다.

"아항……. 마도에 물든 놈이었군."

기이브는 살짝 눈을 가늘게 떴다. 3년 반 전에 페샤와르 성새에서 맞닥뜨렸던 괴이한 인물의 기억이 되살아났다. 그때 기이브는 적의 한쪽 팔을 잘라내 해자로 떨어뜨렸는데 정체를 확인할 수는 없었던 것이다.

"알겠어. 아무래도 우리는 그때 독초를 베면서 뿌리를 남겨놨던 모양이야. 놈들의 뿌리는 어디로 이어져 있을까?"

검과 함께 중얼거림을 거두고 기이브는 필다스를 돌아보았다.

"그런데 관리관 나리, 중요한 질문이 하나 있소만."
"무, 무엇이오?"
"댁에 따님이 계신지?"
"딸은 둘 있지만 이미 모두 다른 곳으로 시집을 갔소."
"에이, 뭐야. 그거 아깝게 됐군."

기이브는 관심을 잃었다는 투로 중얼거렸다.

그는 필다스의 저택에서 술과 음식을 대접받고 부드러운 침대에서 여자 없이 하룻밤을 보낸 후 냉큼 떠났다. 필다스는 파헤쳐진 묘를 황급히 복구하는 한편 왕도에 사자를 보내 재상 루샨에게 사정을 보고했다. 루샨도

이 사건에 스산함을 느꼈지만 아르슬란에게는 간단한 보고밖에 올릴 수 없었다. 그도 그럴 것이 정체를 알 수 없는 사건이었으며, 서둘러 결론을 낼 수는 없었던 것이다.

그것이 '기묘한 도굴꾼' 사건이었다…….

III

신두라 라자 라젠드라 2세는 아르슬란보다도 딱 열 살이 많다. 이복형제와의 전쟁에서 승리를 거두어 등극한 것은 아르슬란보다도 반년쯤 먼저였다. 왕위를 얻을 때 라젠드라는 파르스군의 힘을 '아주 조금' 빌렸으며 그 후 두 나라는 화평조약을 체결해 아름다운 우정을 맺었다. 그리고 라젠드라는 아르슬란의 가장 신뢰하고 경애하는 벗이 되어 앞으로도 다방면에서 아르슬란을 도울 것이다.

……라고 하는 것이 라젠드라 2세가 말하는 양국의 관계였다. 그에게 '아주 조금' 힘을 빌려주었던 파르스의 장수들이 이 말을 들었다면 분명 "9할이 아주 조금이냐!"라고 분개할 것이다.

그러나 파르스인들이 흘겨보든 말든 라젠드라는 아무렇지도 않았다. 사람도 말도 금은보석으로 한껏 치장한 그는 아르슬란에게 활달하게 인사하더니 파르스 샤오의 곁에 서 있던 신두라인에게 말을 걸었다.

"자스완트 아니냐. 오랜만이구나. 파르스에서 행복하게 살고 있나?"

"예, 덕분에."

자스완트는 고국의 왕에게 정중하게 인사했지만 이것이 참으로 얄궂은 대답이었다. 라젠드라가 이복형제 가데비와 왕위를 다투어 국가를 양분시키는 일이 없었더라면 자스완트는 고국을 떠나지 않아도 됐을 것이다.

"파르스의 요리가 입에 맞지 않는다면 언제든 귀국하거라. 너의 역량에 어울리는 지위를 내려줄 테니."

"황송한 말씀이오나 요즘은 파르스 요리가 더 입에 맞게 되었사온지라."

"여자도 파르스 쪽이 더 나으려나?"

라젠드라는 크게 웃었다.

이번 하르나크에 그가 데려온 신두라의 장병은 6천, 코끼리가 열두 마리였다. 반면 파르스는 2만 4천을 헤아렸으며 3분의 1이 기병이었다. 8천 파르스 기병이 질서정연하게 행진하는 모습을 라젠드라는 말 위에서 바라보았다.

"이거 참 용장하기 그지없는 광경이로군. 파르스군이 얼마나 강한지 눈에 새겨둘 수 있겠는걸."

라젠드라의 감탄에는 무의식중의 경계가 묻어나왔다. 파르스군이 얼마나 강한지 라젠드라는 잘 안다. 적으로서도, 아군으로서도. 하지만 강하다고 해서 라젠드라는 파르스군을 두려워하지는 않았다. 아군으로 삼으면 그 강함을 이용하면 그만이고, 적이 된다면 그 강함을 발휘하지 못하도록 하면 그만이다. 어느 쪽이든 그가 부는 피리에 따라 파르스 군이 춤추게 만들면 된다고 생각하는 것이었다. 그리고 그가 그렇게 생각한다는 사실을 파르스의 궁정화가는 정확하게 알고 있다.

"강한 것만이 아니라 화려함도 더할 나위 없군. 오오, 이거 대륙공로에서도 가장 아름다운 용사가 아닌가."

지나치게 큰 에메랄드를 단 터번에 손을 대며 라젠드라는 애교 있게 인사했다. 그 인사를 받은 사람은 파랑기스였다. 에메랄드와 같은 색깔의 눈동자에서 표정을 지우고 완벽하게 예의를 지켜 인사로 화답했다.

"언제 봐도 아름답군. 그대의 마음을 얻을 수 있다면 카베리 강의 바닥을 뒤덮을 만한 보석을 바치련만."

'아름다운 파랑기스 님'은 냉담하게 신두라 국왕의 헛소리를 허공에 흘려보내고 가볍게 말을 몰아 달려갔다.

"나르사스 경과는 다른 의미에서 파랑기스 님은 죄가 많다니깐."

이것은 기이브가 한 말이다. 파랑기스에게 접근하는 사내는 기이브 말고도 몇 명이 더 있었지만 성공한 사례는 하나도 없었다. 파랑기스 자신이 받아들여주지 않은 것은 물론이고, 기이브도 잽싸게 연적들의 발밑에 함정을 파 빠뜨려버렸던 것이다.

　파랑기스, 그것은 달의 별명이니
　사내들을 싸늘하게 비추는구나
　만인의 눈이 그녀를 우러러보아도
　손끝에 닿는 일은 없으리

이것은 당시 유행했던 루바이야트(사행시)인데, 작자가 기이브인지 어떤지는 알 수 없다.

하르나크가 시작되고 얼마나 시간이 지났을까. 장창을 들고 말을 몰던 아르슬란은 갑자기 말을 멈추었다. 풀숲이 술렁거리더니 허공으로 거대한 시르(사자)의 그림자가 뛰쳐나왔던 것이다. 아르슬란은 반사적으로 장창을 번뜩였다. 미미한 반응과 함께 사자의 갈기 몇 가닥이 허공에 춤을 추었다. 사자는 거구를 허공에서 뒤틀어 인간의 공격을 교묘히 피하고는 풀 위에 착지했다. 아르슬란은 기수와 창을 돌려 사자와 정면으로 마주셨다. 위협하고자 으르렁거리는 소리가 하얀 송곳니 사이에서 새나왔다.

"압도되지 마라."

아르슬란은 자기 자신에게 명령했다. 그는 이제까지 몇 번이나 적의 칼날과 마주섰다. 대부분의 경우 적의 역량은 아르슬란을 능가했다. 이번에는 인간이 아니라 짐승이 됐을지언정 예외는 아니었다.

『기백이 미숙한 기량을 보완해준다는 생각은 하지 마시옵소서. 경험을 쌓고 기술을 향상시키는 것이 첫째입니다. 그러나 그 이전에 침착한 대처란 언제나 유효한 법이옵니다.』

아르슬란은 키슈바드에게 검의 가르침을 받으면서 그렇게 배웠다.

그는 사자의 누렇게 빛나는 두 눈에서 시선을 떼지 않은 채 오른손에 든 장창의 감촉을 확인했다. 팔의 근육은 뻣뻣하지 않았다. 일격으로 해치우자. 그러지 못했을 때는 왼팔로 목을 감싸고……

다시 사자가 뛰었다. 아르슬란의 오른팔은 주인의 뜻대로 움직여주었다. 섬광이 사자의 입에 박혔다.

사자는 아르슬란의 장창을 물어 부러뜨리려다가 실패하고 목 안쪽까지 찔려버렸다. 둔중한 포효와 엄청난 피가 허공으로 치솟았다가 땅에 떨어졌다. 그리고 사자 자신의 거구가 허공에서 한 바퀴 돈 후 땅을 울리는 소리와 함께 낙하했다.

아르슬란은 자신의 호흡과 고동 소리를 들으며 땀이 솟아나는 것을 느꼈다. 오른손이 저리는 이유는 사자의 무게에 창을 놓쳤을 때의 충격 때문이었다. 땅바닥에 엎드린 사자의 갈기 사이에서 피에 젖은 창의 날이 튀어나온 것이 보였다.

"시르기르(사자사냥꾼) 아르슬란!"

그렇게 부르는 목소리가 들리더니 아르슬란의 눈앞에 다가온 흑의기사가 흑마에서 내렸다. 그러고는 사자에게 다가가 입을 꿰뚫은 장창의 자루를 잡아뽑는다. 아직 굳지 않은 피가 새로이 풀숲을 적셨다. 다륜은 두 손으로 창을 받쳐들고 공손히 말 위의 샤오에게 내밀었다. 아르슬란이 이를 받아들자 모여들었던 장병이 환호성과 함께 검이며 창으로 하늘을 찔렀다. 아르슬란은 열여덟 살에 명예로운 '시르기르' 칭호를 얻은 것이다.

"훌륭하네, 아르슬란. 참으로 훌륭해."

필요 이상으로 목소리를 높이며 라젠드라 2세가 격찬했다. 그에게 인생이란 신들의 극장이며 주역은 항상 자기 자신인 것 같았다. 언동 하나하나가 연기 같지만 그것이 어디까지나 정치적인 효과를 노려서인지, 아니면 그저 천진난만한 것인지는 알 수 없었다.

『본인도 모를 겁니다.』

나르사스는 그렇게 평했다. 그의 표현을 빌자면 라젠드라의 헛소리에 일일이 반응했다가는 오히려 휘둘리고 만다. 그가 무엇을 원하는지 정확한 부분은 뻔히 알고 있으니 그것만 염두에 두면 되는 것이다.

다시 흑마에 올라탄 다륜이 나르사스 쪽으로 다가갔다. 아르슬란과 기수를 나란히 한 라젠드라의 뒷모습을 보며 나르사스가 농담조로 말했다.

"슬슬 신두라 라자 폐하의 뱃속에서 음모의 벌레가 소란을 떨기 시작할 때가 아닐까 싶기도 한데."

"발청기가 왔단 말인가?"

"어허, 이봐. 아무리 그래도 일국의 왕에게."

"자네나 내 왕도 아니잖나."

다륜은 과거 신두라의 '아디칼라냐(신전결투)'에서 라젠드라의 대리를 맡아, 사투 끝에 왕관을 라젠드라에게 가져다주었다. 은인인 셈이지만 그 후 한동안 자신의 행위를 후회했다.

하르나크는 그 후로도 이어져 추가로 세 마리의 사자가 잡혔다. 아르슬란은 도중에 한 번 지친 말을 바꿔 타고 평야를 달리다 어느샌가 부하들과 떨어졌다. 그를 따르는 것은 매 '아즈라일' 뿐이었다.

'아즈라일'이 날카롭게 경고의 울음소리를 냈다. 동

시에 아르슬란의 눈은 쇄도하는 기마 무리의 그림자를 포착하고 있었다. 광분하는 말, 이를 모는 인간의 홀린 듯한 표정, 환성을 지르기 위해 벌어진 입. 그 입에서는 외침이 터져나왔지만 그것은 단순한 소리의 덩어리일 뿐 의미를 가진 언어는 아니었다.

아르슬란은 검을 뽑았다. 열네 살 이후 매일같이 전장을 오가며 적의 칼날 밑에 몸을 드러냈던 아르슬란이다. 수상하다는 생각을 품었을 때는 이미 몸이 반응하고 있었다. 짓쳐드는 섬광을 피하며, 스쳐 지나가려 하는 상대의 몸통에 검을 꽂았다. 피가 햇빛에 번뜩였다.

IV

1기를 마상에서 베어 거꾸러뜨린 아르슬란은 말의 배를 걷어차 포위망의 일각을 돌파했다. 다시 몇 자루의 검이 젊은 샤오를 노리고 따라왔다. 아르슬란은 풀숲을 달려나가 완만한 능성을 넘어 아군에게 급보를 알렸다.

"아사신(암살자)이다!"

그것은 대륙공로 주변 국가 사람들에게는 공통된 명사였다. 능선 너머에 있던 파르스인들도 신두라인들도 긴장으로 술렁거렸다. 아르슬란의 부하 중 가장 가까운 곳에 있던 사람은 엘람이었다. 그는 시선을 옮겨, 짐승이 아닌 사람을 사냥하려는 한 무리를 발견했다.

"폐하!"

고함을 지른 것과 동시에 엘람은 허리춤의 검을 뽑으며 말을 몰았다. 돌진해 달려가자 이를 알아차린 아사신 중 한 사람이 말 위에서 돌아보았다. 적의가 담긴 시선을 엘람에게 꽂으며 활시위에 화살을 메겼다. 그가 화살을 쏜 순간 엘람은 말을 비스듬히 몰며 안장 위에 엎드렸다. 화살은 바람 가르는 소리를 내며 엘람의 머리 위로 날아갔다.

엘람이 다시 몸을 일으켜 돌진했다. 그가 경장이며 갑주를 걸치지 않았음을 확인한 아사신은 활을 높이 들어 이쪽을 향해 집어 던졌다. 엘람이 검으로 이를 튕겨냈다. 아사신은 그렇게 약간의 시간을 벌어 자신의 검을 뽑아들었다. 하지만 그때 이미 엘람은 적에게 육박하고 있었다.

엘람의 검이 아사신의 오른쪽 팔꿈치에 꽂혀 관절을 부쉈다. 아사신의 오른팔은 한 가닥 힘줄과 피부만을 남기고 잘려나갔다.

아사신은 말 위에서 날아갔다. 검을 붙잡은 오른손에 끌려가는 듯한 모습으로. 그가 땅바닥에 충돌했을 때 그의 동지들은 아르슬란의 부하들이 든 칼날에 포위당한 상태였다. 자스완트가 한 사람의 목을 베고, 알프리드가 다른 한 사람의 뒷덜미에 치명상을 입혔으며, 다륜은 한 사람의 가슴을 찔러 거꾸러뜨렸다. 아사신들은 거의 한순간 사이에 전멸했다.

"폐하, 무사하십니까?"

"괜찮다. 상처 하나 없다."

아르슬란은 기운차게 대답하고 부하들의 노고에 감사했다. 나르사스나 기이브도 달려왔지만, 가장 요란한 소리와 목소리를 내며 다가온 것은 라젠드라였다. 말이 한 걸음을 내디딜 때마다 장식된 금은보석이 흔들리며 절그럭거렸다.

"어허, 파르스의 샤오를 해치려 하다니 신들이 두렵지도 않은가. 설령 아르슬란의 정치에 불만이 있다 해도 당당히 그 사실을 밝히면 됐을 것을."

라젠드라는 두 팔을 벌리며 탄식하더니 이를 누그러뜨리듯 활달한 목소리를 냈다.

"하지만 걱정할 필요 없네, 아르슬란. 파르스에 그대의 적이 있다 해도 신두라에는 자네의 편이 있으니까. 더할 나위 없이 든든한 편이 말일세."

다륜은 분명 그게 대체 누구 이야기냐고 하고 싶었겠지만 국빈에 대한 예의를 지켜 겨우 침묵을 지켰다. 정작 아르슬란은 어떤가 하면.

"라젠드라 폐하의 호의에 늘 감사드립니다."

미소를 머금고 대답했다. 지극히 자연스럽게 외교술을 터득한 것 같기도 했다. 아사신들의 출현은 불상사이기는 했지만 그들의 목적은 미수로 그쳤다. 하르나크는 중단되지 않고 이어졌다.

아사신들의 시체가 정리된 후 라젠드라는 백마에서 흰 코끼리로 옮겨 탔다. 신두라에도 수렵제 의식이 있다. 사냥할 대상은 사자가 아니라 호랑이지만 왕은 코끼리를 탄다는 규칙이 있었다. 라젠드라가 데려온 흰 코끼리는 즉위한 이래 계속 애용하던 코끼리로, 기질이 온순했다. 그런데 라젠드라가 보석투성이 가마에 올라탄 순간 코끼리는 미친 듯이 포효하며 날뛰기 시작했다.

라젠드라 2세를 태운 채 흰 코끼리는 폭주하기 시작했다. 땅이 울리고 먼지며 풀이 사람 키보다도 높이 치솟았다. 전방에 전개하고 있던 파르스와 신두라 두 나라의 병사들이 놀라 길을 열었다. 미처 도망치지 못한 신두라 보병 한 사람이 불운하게도 밟혀 짓이겨졌다.

"누가 짐을 구하라! 짐을 구하라! 짐을 구한 자에게는 아르슬란 폐하가 충분한 보상을 내려줄 것이다!"

필사적으로 코끼리를 제어하고자 시도하면서 라젠드라가 외쳤다. 아르슬란에게 보상을 내게 하려는 점을 보면 이 위급한 상황에서도 라젠드라는 아직 침착한 것 같았다. 파르스의 장수들은 서로 얼굴을 마주 보았다.

"저분이 목숨을 잃는다 한들 딱히 마음이 아플 일도 없겠지만……."

나르사스가 쓴웃음을 지었다. 엘람이 지극히 성실하게 의견을 제시했다.

"하지만 국빈께 위험이 미친다면 아르슬란 폐하의 위광에 흠이 갈 것입니다."

"바로 그거지. 뭐, 구해드리도록 하자꾸나. 눈앞에서 코끼리에게 짓밟히는 것도 불쌍하고."

사실 나르사스에게는 라젠드라를 구해야 할 이유가 한 가지 더 있었다. 라젠드라가 죽는다면 나르사스는 신두라에 대한 외교와 전략의 기본 방침을 처음부터 다시 구상해야만 한다. 라젠드라는 국내에서는 폭군이 아니며, 싹싹한 인품이 서민들에게 인기를 끌어 그의 치세는 매우 안정적이었다. 그것은 아르슬란과 파르스에게도 나쁜 조건이 아니었다.

'파르하딘(늑대가 기른 자)'이라는 별명을 가진 젊고 표한한 이스판 장군이 아르슬란의 지시에 따라 라젠드라를 구하기 위해 말을 몰았다. 20기 정도 되는 부하들이 그 뒤를 따랐다. 그들 중 4기는 한 변이 10가스(약 10미터) 정도 되는 커다란 그물을 펼쳐 네 귀퉁이를 각각 한 손으로 들고 있었다. 미친 듯이 날뛰는 맹수를 에워싸 잡기 위한 그물인데, 이를 펼쳐 라젠드라가 코끼리의 등에서 뛰어내리게 하려는 것이었다. 이스판은 흰 코끼리와 나란히 말을 몰며 코끼리 위의 라자에게 외쳤다.

"라젠드라 폐하! 이 그물을 향해 뛰어내리십시오. 확실히 받아드리겠습니다."

라젠드라에게도 폭주하는 코끼리에서 안전하게 도망칠 방법은 달리 없었다. 한순간 망설임을 보였지만 마음을 굳게 먹고 옥좌에서 몸을 내밀었다. 이스판이 지휘하는 기병들이 그물을 크게 펼쳤다.

라젠드라는 뛰었다. 바람을 가르고 낙하해 그물 위에 몸을 던졌다. 그물은 크게 출렁거렸지만 신두라 라자의 몸이 지상에 꽂히기 직전에 지탱해주었다. 흰 코끼리는 뭉게뭉게 피어나는 모래먼지를 남기고 달려나갔고, 신두라 병사들이 이를 따랐다. 상처 하나 없이 목숨을 건진 라젠드라가 안도의 한숨을 내쉬며 그물 위에서 땅에 내려선 순간이었다. 은근슬쩍 다가간 파르스 병사 한 사람이 갑자기 단검을 뽑아 라젠드라의 목에 들이댄 것이다. 라젠드라는 뒤에서 겨드랑이를 붙들려 꼼짝도 하지 못했다.

"네 이놈, 무슨 짓이냐!"

이스판이 칼자루에 손을 가져다대자 사내는 광기의 등불을 두 눈에 맺으며 외쳤다.

"소란 떨지 마라! 신두라 라자의 목숨을 구하고 싶거

든 보검 루크나바드를 내놔!"

"뭐야?"

"신두라 라자의 목숨과 보검 루크나바드를 바꾸자. 아르슬란에게 그렇게 전해라!"

"바보 아니냐, 네놈?"

이스판은 자신도 모르게 솔직한 반응을 보이고 말았다. 이스판만이 아니라 파르스의 장수들에게 신두라 라자의 목숨 따위 보검 루크나바드의 칼집에 칠한 도료 찌꺼기만도 못한 존재였다. 그가 라젠드라를 구하려 한 것은 아르슬란이 명령했기 때문이지 결코 자청해서가 아니었다.

"루크나바드를 넘기지 않는다면 이놈을 죽이고 나도 죽을 거다!"

아사신의 단검이 라젠드라의 갈색 목덜미에 닿았다. 가늘고 날카로운 칼끝이 쇄골 윗부분에 살짝 파고들었다. 라젠드라가 소란을 떨었다.

"이보게, 파르스인! 아르슬란과 교섭해주게. 매일 밤 편안히 잠들려면 벗을 구해야 한다고 말일세."

마침 그자리에 달려온 아르슬란은 사정을 듣더니 한마디 이의도 없이 고개를 끄덕였다.

"라젠드라 님은 나의 맹우다. 그런 분의 목숨은 무엇과도 바꿀 수 없다."

"폐, 폐하!"

"받아라. 루크나바드다."

아르슬란은 허리춤의 검을 칼집째 떼어 들었다. 나르사스며 다륜이 한순간 표정을 바꾸었다. 이스판이 움직이려 하는 것을 엘람이 말없이 제지했다.

아르슬란은 칼집과 함께 검을 던졌다. 아사신의 머리 위를 향해. 아사신이 광희狂喜 어린 고함을 지르며 팔을 뻗어 이를 잡으려 했다. 손가락 끝이 칼집에 닿은 순간 표정이 급변했다. '아니잖아'라고 외치는 형태로 입을 벌리고, 벌린 입으로 고통과 분노의 절규를 터뜨리며 아사신은 땅에 쓰러졌다. 가슴에 화살이 깊이 박혀 있었다. 기이브가 쏜 화살이었다. 쓰러진 아사신의 몸 위로 아르슬란의 검이 툭 떨어졌다. 평범한 검이다. 보검 루크나바드가 아니었다. 아사신의 주의를 돌리기 위해 창졸간에 아르슬란이 연기를 했던 것이었다. 무해해진 시체를 노려보고 다륜이 나르사스에게 속삭였다.

"저 녀석의 얼굴을 본 적이 있네. 뭐라뭐라 하는 귀족의 자제였지. 새로운 정치에 불만을 품었던 걸까?"

"그런 거겠지. 하지만 이놈들에게 시해弑害를 저지를 만한 용기가 있었으리라는 생각은 들지 않는데."

혹은 누군가에게 사주를 받았거나. 상상할수록 다륜의 미간은 험악해졌다.

"아르슬란, 덕분에 살았네. 멋들어진 재간에 감명하였네."

라젠드라의 칭송에 예의를 갖추어 대답하면서도 아르슬란은 그리 마음이 편치 못한 눈치였다. 어쩔 수 없었다고는 하나 그에게는 어울리지 않는 거짓말을 하고 말았던 것이다. 게다가 자신의 정치를 이런 형태로 부정당한 것도 충격이었다.

"배후의 사정을 자세히 조사케 하겠습니다. 이스판 경에게 맡기지요."

나르사스의 목소리에 마음을 다잡듯 아르슬란은 고개를 끄덕였다. 나르사스는 아사신의 시체 옆에 한쪽 무릎을 꿇었다. 엘람 또한 한쪽 무릎을 꿇고 스승을 거들려 했다.

나르사스는 엘람에게 들려주려는 것인지, 아니면 혼잣말인지 알 수 없는 말을 중얼거렸다.

"배후에 설령 누군가가 숨어 있었다 한들, 아르슬란 폐하의 정치가 확고하고 옳은 것이라면 그들이 세상을 뒤집을 수는 없다. 반대를 두려워해 뜻을 관철하지 못하는 것이야말로 우려해야 할 일이지."

새삼 나르사스는 애제자의 이름을 불렀다.

"엘람."

"네."

"사람이 사람의 세상을 다스리는 이상 부족한 점도 당연히 나오게 마련이다. 하지만 여기에 편승해 세상을 어지럽히려는 자들에게 허점을 보이지 않도록 너도 잘 해주기 바란다."

"네, 최선을 다하겠습니다."

나르사스는 엘람에게 아사신의 시체를 치우도록 시켰다. 흰 코끼리는 곧 붙잡혀, 옥좌와 코끼리의 등 사이에 가시가 돋은 나뭇가지가 끼어 있었음이 판명되었다. 일련의 불상사에 아르슬란은 눈살을 찡그렸다.

하르나크가 끝나감에 따라 본진에 돌아왔을 때, 나르사스는 아르슬란에게 지금의 사태와 직접적으로는 관계가 없는 질문을 했다.

"만약 미스르의 노예가 도망쳐서 디즐레 강을 건너, 폐하께 미스르의 노예들을 모두 해방시키기 위해 침공해 달라고 부탁한다면 어떻게 하시겠습니까?"

가정의 이야기일 뿐이었지만 아르슬란은 진지한 표정으로 생각에 잠기고 말았다. 다륜의 표현을 빌자면 '폐하의 장점'이었지만 경우에 따라서는 단점도 될 수 있을 것이다.

"안됐지만 응할 수는 없겠어. 미스르와 전면전쟁을 벌이는 일은 피해야만 하니까."

"좋습니다. 그렇다면 그 도망 노예는 어떻게 하시겠습

니까?"

"집과 토지를 주겠네."

"생각이 짧으십니다."

나르사스는 조용히, 그러나 날카롭게 단언했다. 미스르와의 화평이라는 선택을 내린 이상 사태는 철저하게 가야만 한다. 도망 노예는 고통을 주지 않고 죽여 머리를 미스르에 보내고, 그렇게 해야 비로소 미스르의 신용을 얻을 수 있을 것이다.

"노예 해방은 침략의 대의명분이 될 수 있습니다. 유일신 이알다바오트에 대한 신앙이 루시타니아에게 타국을 침공할 대의명분이 되었던 것처럼."

"나는 타국을 침공하거나 하지 않네."

"잘 알고 있습니다. 그러나 다른 나라들이 어떻게 생각할지는 별개의 문제이지요."

파르스는 굴람 제도를 폐지했다. 이웃 나라들이 두려워하는 것은 굴람 제도 폐지라는 큰 파도가 자신들의 나라를 집어삼키고 사회제도를 뒤집어버리지는 않을까 하는 것이었다.

"폐하는 파르스의 통치자이십니다. 우선 파르스의 평화와 안녕을 지키실 책무가 있습니다. 굴람 제도를 폐지하는 것은 정의입니다만, 타국에게 정의를 강요하면 분란이 일어나고 피가 흐르게 됩니다."

나르사스는 살짝 고개를 가로저었다.

"정의란 술과도 비슷한 것이지요. 그야말로 기분 좋게 사람을 취하도록 만들어주지만, 한번 도를 넘어서면 자신을 멸망에 빠뜨리고 타인까지 끌어들이게 마련입니다."

"주의하겠네. 나르사스도 말려들고 싶진 않겠지?"

"타인이 말려드는 모습을 구경하는 건 좋아하지만요."

나르사스가 대답했을 때 신두라어 고함이 들렸다. 신두라 병사가 라젠드라에게 여행자 차림의 사내를 데려온 것이다. 무언가 화급한 대화가 신두라인들 사이에서 들려오고, 그때 자스완트가 긴장된 표정으로 아르슬란에게 다가와 고했다.

"신두라 수도에서 라젠드라 왕에게 급사가 찾아왔습니다. 튀르크가 갑자기 병사를 일으켜 카베리 강 상류로 침공해왔다고 합니다."

V

튀르크는 지리적으로 파르스의 동쪽, 신두라의 북쪽, 투란의 남쪽에 있다. 말하자면 열사와 초원 사이에 낀 산악국가로, 파르스와 신두라의 국경을 이루는 대하 카베리 강은 이 나라에서 시작된다. 고산지대에는 만년설과 빙하가 존재하고 그 사이로 계곡이며 분지를 끼고 있어 지형은 그야말로 복잡하다.

 원래 튀르크인은 투란인과 선조가 같아, 대륙 오지를 집단으로 이동하며 목축을 하고 있었다. 그러다가 500년쯤 전, 족장의 지위를 둘러싸고 다툼이 벌어져 두 파벌로 분열되었으며 추방당한 일파가 초원에서 산간지대로 도망쳤다. 산지는 불모의 땅이었지만 계곡이나 분지는 비교적 비옥했으며 암염이나 은도 나와, 튀르크는 안주의 땅을 얻어 국력을 충실하게 길러나갈 수 있었다. 이웃 나라와 외교관계도 구축해, 신두라나 투란과 동맹을 맺고 파르스에 쳐들어온 적도 있다. 지난 4, 5년 정도는 대외적으로는 숨을 죽인 채 국경을 다지고 고립되어 있었다. 파르스는 튀르크의 국정을 살필 여유도 없었지만, 왕위를 둘러싸고 상당히 심각한 암투가 벌어졌던 모양이었다. 결국 현 국왕 카르하나가 왕위를 지켜냈는데, 그동안 국내의 혼란을 끝까지 타국에 드러내지 않았던 것 자체가 카르하나의 기량이 뛰어나다는 뜻이리라.

 오랜만에 튀르크군이 움직였다. 심지어 병사를 동원한 것과 동시에 카베리 강 상류에서 독을 풀어 사람과 양을 죽이고 있다고 한다.

 "상류에서 독을 풀어? 그런 짓까지 했다고!"

라젠드라는 까무잡잡한 얼굴을 시뻘겋게 물들이며 외쳤다. 그는 뻔뻔하고 교활한 사내지만 결코 쓸데없이 잔인하지는 않았으므로 그런 이야기를 들으면 의분에 불타는 것이다. 단, 그 의분의 연료는 타산인 경우가 많았다.

"아르슬란. 신두라와 파르스는 맹우가 아닌가. 맹우란 공동의 적을 가져 서로를 돕는 존재지. 함께 손을 잡고 튀르크에게 맞서 싸우는 것이 맹우라는 증거일 걸세."

"지당한 말씀입니다."

부하들이 연신 눈짓을 하고 고개를 가로젓는 것도 알아차리지 못했는지 아르슬란은 그렇게 대답했다. 그는 무엇보다도 튀르크군의 방식이 마음에 들지 않았다.

"카베리 강에 독을 푼다면 우리 나라의 개척농민들에게도 피해가 갈 것입니다. 언젠가는 튀르크 궁정과 교섭을 한다 해도 일단은 쳐들어온 군대를 몰아내야만 하겠지요. 즉시 병사를 움직이겠습니다."

"오오. 아르슬란! 역시 마음의 벗이야."

파르스의 이름난 장수들은 서로 얼굴을 마주보았다. 그들의 주군은 이런 사람인 것이다.

대하 카베리도 하구에서 240파르상(약 1,200킬로미터)을 거슬러 올라가면 역시 강폭이 좁아진다. 그렇다고는 해도 50가즈(약 50미터)에서 100가즈 정도는 되므로 화살을 쏜다 해도 모두 반대편 기슭까지 넘어가지는 못한다. 샤흐리스탄 평야에 전개했던 파르스군과 신두라군은 그대로 두 국왕의 지휘 아래 카베리 강 서쪽 기슭을 따라 북상했다.

"지난달에는 디즐레 강에서 미스르군과 싸우고 이달에는 카베리 강에서 튀르크군과 싸우다니. 다음 달에는 어느 강에서 누구와 싸울지 감도 안 잡히는군."

다륜이 말했다. 그가 싸움을 두려워할 리는 없지만 주군인 아르슬란이 라젠드라와 행동을 함께한다는 점에 대해서는 다소 하고 싶은 말도 있을 것이다.

'폐하는 마음이 너무 좋으셔.'

그렇게 생각은 했지만 그것이 바로 아르슬란의 장점임을 다륜은 잘 안다. 빈틈없고 편협한 아르슬란이라니, 생각하고 싶지도 않았다. 나르사스나 다륜이 확실하게 보좌하면 그만인 것이다. 흑의기사는 그렇게 결론을 내렸다.

10월 15일, 파르스군과 신두라군은 튀르크군과 맞닥뜨렸다. 선행정찰을 나간 엘람이 1만 명 가까운 튀르크군이 강을 건너고 있다는 사실을 알아내 그자리로 서둘러 달려간 것이다.

"카라 테긴이옵니다."

다륜이 아르슬란에게 설명했다. 과거 세리카에 다녀온 경험을 통해 다륜은 파르스 동부 국경 일대의 지리에도 밝았다. 철분을 다량으로 함유한 검은색 거석이 벽처럼 강 남쪽에 우뚝 솟아 있었다. 그렇게 보면 카라 테긴(철문鐵門)이란 참으로 잘 지은 이름이다 싶었다. 바위는 높이 100가즈(약 100미터)에 이르는 단애절벽을 이루어 수면에 그림자를 드리웠고, 하류는 전력질주하는 말보다도 빠르며 거칠었다.

카라 테긴은 파르스, 신두라, 튀르크 3개국의 국경이 인접한 지상의 점이지만 파르스 측은 특별히 수비병을 두거나 하지는 않았다. 카라 테긴에는 다리가 없으므로 이 단애절벽과 격류를 넘어 침공하리라고는 생각할 수 없기 때문이다. 그러나 지금 튀르크군은 일부러 이 난관을 선택해 도하공격을 감행했던 것이다.

튀르크군의 투석기가 말의 머리보다도 커다란 돌을 잇달아 허공에 쏘아보냈다. 돌에는 굵은 가죽끈이 묶여 있었다. 돌이 무거운 소리를 내며 건너편 기슭의 지면에 잇달아 떨어지면 수면에 드리워진 가죽끈을 잡고 튀르크 병사들이 건너오는 것이다. 조그만 바퀴를 가죽끈에 미끄러뜨리고 바퀴에 매달린 갈고리에 한쪽 손을 걸친 채 잇달아 건너온다. 마치 곡예 같았지만 감탄만 할 수도 없었다. 튀르크 병사들은 평지를 달리는 것보다도 빠르게 강을 건너와 병력은 순식간에 늘어갔다.

한편, 갑자기 셀 수도 없을 정도로 많은 쪽배가 수면에 무리를 짓더니 튀르크 병사들이 건너왔다. 배로 카라 테긴의 급류를 건너기란 불가능에 가깝지만 계곡 사이에 쇠사슬을 치고 배에서 굵은 밧줄을 걸어 사슬을 따라 배를 저어오는 것이다.

"용의주도하군. 어지간히 오래전부터 꿍꿍이를 꾸몄던 모양이야."

라젠드라가 혀를 차고, 병사들에게 명령해 튀르크군에게 요란하게 화살을 쏘아댔다. '카라 테긴 전투'는 이렇게 시작되었다.

당연히 튀르크 병사들도 화살을 되쏘았다. 튀르크군은 포플러에 가느다란 산양 가죽을 감고 산양 기름을 먹여 말린 단궁短弓을 사용했다. 게다가 화살촉에는 독을 발라놓았으니 위험하기 그지없었다. 파르스군과 신두라군은 방패를 나란히 세우고 튀르크군의 화살을 막아야만 했다. 나르사스가 젊은 샤오에게 진언했다.

"오랫동안 상대할 수는 없습니다. 앞일은 둘째 치고 지금은 다소 얄팍한 수법을 써서라도 일찌감치 이기도록 하겠습니다."

샤오가 왕도를 비우고 국경에서 오랫동안 싸우면 국정

전반에 좋지 못한 영향을 미친다. 하물며 처음부터 원정할 계획을 세웠던 것이 아니라 하르나크가 전투로 바뀐 것이다. 2만여 병사를 먹일 식량도 부족했다. 나르사스의 입장에서는 이렇게나 준비가 부족한 전쟁은 오래 끌 수 없었다.

"나르사스, 미안하지만 부탁하네."

아르슬란이 말하자 나르사스는 희미한 쓴웃음과 함께 고개를 숙이고는 엘람, 알프리드, 자스완트, 이스판을 모아 무언가를 지시했다.

강을 건너는 데 성공한 튀르크군은 한층 훌륭한 갑주를 입은 지휘관의 지시에 따라 재빨리 대형을 갖추더니 창날 끝을 가지런히 모으고 공격에 나섰다. 아르슬란은 몰랐지만 이 인물은 고라브라고 하며 튀르크군에서는 고명한 장군 중 한 사람이었다. 파르스군과 신두라군은 방패를 세우고 벽을 만들어 이를 막아내며 후퇴했다. 중앙부대가 정면에서 적과 싸우며 끌어들이는 동안 엘람을 비롯한 네 사람은 300명의 궁전병을 이끌고 상류로 돌아갔다. 우선 계곡을 향해 기름을 풀어 튀르크군의 가죽끈을 기름에 적신 다음, 바람을 등지고 바위 너설 틈에서 그곳을 향해 불화살을 쏘았다.

불은 기름에 옮겨붙더니 가죽끈을 타고 달려나갔다. 튀르크 병사의 손에 불이 붙고 피부에서 연기가 솟았다. 고통과 공포의 절규가 바위 사이에 메아리치고 튀르크 병사들은 잇달아 떨어져갔다. 가죽끈이 기이한 냄새와 함께 모두 타버리자 수십 명이나 되는 튀르크 병사가 끈을 붙든 채 추락했다. 아래쪽은 바위가 곳곳에 드러난 격류였다. 튀르크 병사들은 수면에 격돌해 흐름을 따라 쓸려나갔다.

 백여 개의 가죽끈 다리가 모두 타버리자 카베리 강 서쪽에 먼저 도착했던 3천 명 남짓한 튀르크군은 고립되고 말았다. 이제 아군의 원군은 올 수 없으며 퇴로도 차단되고 만 것이다. 아르슬란은 고함을 질러 투항하도록 권했으나 거절의 대답이 돌아왔으므로 다륜은 공격을 명령했다.

 다륜의 참격은 강철의 벼락이 되어 튀르크 병사들을 쓰러뜨렸다. 자스완트와 이스판이 그 뒤를 따라 적진 속으로 말을 타고 달려나가며 좌우로 칼을 휘둘렀다. 튀르크군의 갑주는 산양 가죽으로 만든 것이라 칼이 잘 들지 않았으므로 얼굴이나 목덜미를 노리고 베어, 솟아나는 피는 바위너설을 검붉게 물들였다.

 "이거 나는 나갈 기회가 없네."

 기이브는 구경을 하며 앞머리를 쓸어넘겼다. 이 음유시인은 어차피 싸울 거 눈에 뜨이지 않으면 손해라고 생각했다. 보아하니 이 전투에서는 그에게 어울리는 상황이 돌아올 것 같지가 않았다. 파랑기스도 아르슬란의 곁에 말을 세우고 혈전이 벌어지는 전장을 묵묵히 내려다보고 있다. 그러다가 갑자기 말없이 활을 들더니, 시위에 화살을 메기고는 튀르크군의 진영 한쪽을 향해 쏘았다.

바위 위에 서서 병사들을 지휘하던 튀르크군의 장군 고라브가 신음했다. 백 걸음 거리에서 날아든 파랑기스의 화살은 그의 오른손에 들린 대도大刀를 날려버렸던 것이다.

여기에 이스판이 창을 던졌다. 바람 가르는 소리를 내며 허공을 질주한 창은 고라브 장군의 흉갑에 명중했다. 둔중한 소리를 내며 창이 튕겨나왔다. 산양 가죽을 겹쳐놓고 그 사이에 사슬을 짜 넣은 튀르크 갑옷은 멋지게 창을 막아낸 것이다. 그러나 충격을 모두 흡수할 수는 없었다. 갈비뼈에 아픔을 느낀 고라브 장군은 바위 위에서 비틀거렸다. 그때 다륜이 흑마를 몰아 달려와 고라브의 목덜미를 붙들고 뒤로 집어 던졌다.

고라브는 땅에 나뒹굴고, 여기에 파르스 병사들이 달려들어 순식간에 생포해버렸다. 고라브에게는 그야말로 꼴사나운 생포극이 되고 말았지만 다륜의 호검에 베이지 않은 것은 행운이라 해야 하리라.

고라브가 포로가 되었다는 사실이 알려지자 살아남은

튀르크 병사들은 항전할 의지를 잃었다. 절반은 무기를 버리고 항복했으며 절반은 카베리 강의 흐름을 따라 뿔뿔이 도망쳤다. 파르스군과 신두라군은 튀르크 병사 천여 명의 수급을 취해 개선했다.

포로가 된 고라브 장군이 아르슬란과 라젠드라 앞에 끌려왔다. 부루퉁한 표정을 지은 튀르크인에게 아르슬란이 물었다.

"어째서 국경을 침범하고 죄 없는 백성들을 해쳤나. 튀르크 국왕의 의도는 무엇인가. 말해보라."

"모른다."

그것이 대답이었다. 산양 가죽 갑옷을 입은 튀르크 장군은 국왕의 명령을 받아 기습을 감행했을 뿐 전투의 목적이 무엇인지는 듣지 못했다고 한다.

"듣고 싶으면 우리 국왕께 물어보거라."

오만하게 내뱉으며 묶인 채 가슴을 편다. 죽을 각오는 된 것이리라. 라젠드라는 고라브의 머리를 잘라 밀랍에 절여 튀르크 왕에게 보낼 것을 제안했다. 아르슬란은 그를 말렸다. 죽이는 것 외의 방법이 없다 해도 나르사스가 최선의 방법을 가르쳐줄 것이다.

의구심이 들었다. 이제까지 파르스 동서 양쪽에 위치한 국가들이 동맹을 맺고 파르스를 침공한 사례는 없었다. 동맹을 맺기 위해서는 사자가 파르스 국내를 지나야만 하며, 그것은 매우 어려운 일이었다. 그러나 이번에는 어떤가. 서쪽의 미스르와 동쪽의 튀르크가 거의 동시에 병사를 일으킨 것이 과연 우연일까?

"참으로 갑자기 사건이 많아졌군."

카히나 파랑기스가 카라 테긴의 험준한 암벽을 바라보며 중얼거렸다.

"그러게 말입니다. 낮잠 잘 시간도 없군요."

그렇게 대꾸하며 기이브는 생각하고 있었다. 튀르크 여자는 미인일까? 가능하다면 지갑이 너무 무거워 난감해하는 미인이면 좋겠는데, 라고.

제3장 야심가들의 연옥

I

 이 당시, 파르스 왕국 북서쪽 방면과 국경을 인접한 마르얌 왕국에서는 시커멓게 날개를 펼친 불운과 재앙이 국토를 뒤덮고 있었다.

 마르얌은 파르스만큼 부강한 대국은 아니었으나 나름대로 안정된 역사와 실력을 쌓아왔다. 이웃 나라와의 외교관계도 좋았으며, 파르스와는 오랫동안 우호를 유지했다. 마르얌은 이알다바오트 교를 믿는 나라였지만 온건한 동방교회가 종교를 지도했기 때문이다. 이교도와도 교류하고 그들의 주거도 인정하며 공존을 계속했다.

 그런 평화가 깨진 것은 루시타니아의 침략 때문이었

다. 같은 이알다바오트 신을 믿던 루시타니아가, 형제의 나라를 침공해 무너뜨리고는 국왕 니콜라오스 4세를 비롯한 왕족과 성직자들을 살육했던 것이다. 왕제 기스카르가 있을 동안에는 정치적 필요성과 본보기 이상의 살인은 저지르지 않았지만 총대주교 보댕이 파르스에서 돌아온 후로는 마르얌에 살육의 폭풍이 휘몰아쳤다. 이교도가 살해되고, 그들과 교제나 거래를 했던 자들이 배교자로 살해되었다. 밀고가 장려되어 '이교도와 친했다'고 소문이 나기만 해도 체포당했다. 고문을 받다 못해 거짓 고백을 하면 화형, 고백을 하지 않으면 결국 고문으로 목숨을 잃었다. 10만 명 남짓한 사람들이 죽었을 무렵 파르스에서 기스카르가 돌아왔다.

루시타니아의 왕제 기스카르는 파르스력 324년에 39세였다. 왕제라고는 해도 국왕 이노켄티스 7세는 3년 전에 파르스에서 사망했으며 현재는 공위空位의 시대였다. 기스카르가 새로운 국왕을 자칭해도 되겠지만 그렇게는 되지 않았다. 이노켄티스 7세의 죽음을 공표한 것은 파르스의 새로운 왕 아르슬란이었는데, 보댕은 '이교도의 헛소리'라며 이를 인정하지 않았으므로 교회법에 따라 이노켄티스는 아직도 생존한 것으로 간주되었다.

과거 기스카르는 왕제로서 루시타니아의 정권과 군권

을 한 손에 장악한 사실상의 국왕이었다. 그러나 효웅으로서 제 모습을 드러낸 것은 오히려 형이 죽은 후였는지도 모른다.

그는 한번은 파르스의 절반을 지배했으면서도 10개월 후에는 모든 것을 잃었다. 파르스군은 그를 완패시킨 후 맨몸뚱이로 마르얌에 추방했던 것이다. 죽이지 않았던 이유는 파르스의 궁정화가인지 뭔지 하는 인물이 기스카르에게 이용가치가 있다고 보았기 때문이었다. 그를 마르얌으로 돌려보내 보댕의 세력을 견제시키려 했던 것이다.

기스카르의 입장에서는 파르스인들의 의도대로 놀아나지 않는 한 미래가 없었다. 마르얌에 돌아가 보댕과 대결해 자신의 권력을 회복하려 했다.

그가 마르얌으로 돌아간 것은 파르스력으로 헤아려 321년 가을이었다. 휘하의 대군을 모조리 잃어버렸으므로 가슴을 펴지도 못하고 몰래 국경을 넘었다. 여행을 하면서 어떻게 보댕을 실각시킬지 궁리하기는 했지만 좋은 책략을 떠올리지도 못한 사이에 순찰하던 루시타니아 병사에게 붙잡히고 말았다. 하급 병사들은 기스카르의 얼굴을 몰랐으므로 수상쩍은 여행자를 난폭하게 다루었으나 신분 높은 기사가 왕제 전하의 모습을 보고 놀랐다. '왕제 전하 귀환' 소식은 마르얌의 수도 이라

클리온을 뒤흔들었다. 이제는 대주교가 아니라 '교황'을 자칭하던 보댕은 강력한 정적政敵을 없앨 방법을 모색했다.

보댕이 생각해낸 방법은 사악할 정도로 교활했다. 그는 주요 성직자와 귀족들을 모아 엄숙한 표정으로 다음과 같이 선언했던 것이다.

"왕제 기스카르 공작은 파르스에서 이교도들과 싸우다 죽었다. 장렬한 전사, 아니, 신의 영광을 지키고자 숭고한 순교를 한 것이다. 지금 기스카르 공작이라 자칭하며 마르얌에 나타난 떠돌이 사내는 왕제와 얼굴만 닮은 가짜다. 놈은 이교도의 명령을 받들어 우리 이알다바오트 교도들 사이에 분열과 항쟁의 씨앗을 퍼뜨리기 위해 온 것이다. 도저히 용서할 수 없다. 중죄인으로 다루어야 한다."

기스카르는 이라클리온에 도착하지 못한 채 그대로 죄수가 되어 트라이칼라 성새의 지하감옥에 처박히고 말았다. 트라이칼라 성새는 습기가 많고 황량한 계곡에 있어 여름에는 푹푹 찌는 무더위가, 겨울에는 뼛속까지 얼어붙는 냉습함이 이어지는 곳이라 살기에 좋지 못했다. 이곳에 온 죄수는 1, 2년 만에 쇠약해져 죽는 것이 보통이었다.

보댕은 이제 됐다고 회심의 미소를 지었다. 마르얌에

서 그의 세력과 권위는 압도적으로 성장했다. 그러나 완전하지는 못했다. 보댕에게 반감을 가진 자들도 있었고, 기스카르가 진짜 왕제가 아닐까 생각하는 자들도 있었다. 그들은 소수파였지만, 기스카르가 지도자가 된다면 권위와 무력으로 보댕의 공포정치를 뒤집어줄 것이라고 기대했다.

란체로라는 기사가 있었다. 백작가 출신이며 장남이기는 했지만 어머니의 신분이 낮았기 때문에 동생이 당주 자리를 이었다. 란체로의 입장에서는 당연히 자신의 것이 되어야 하는 자리를 빼앗긴 꼴이었다. 수긍할 수 없었다. 하다못해 재산을 반으로 나눠달라고 부탁했으나 그것도 받아들여지지 않았다. 란체로의 동생은 교회에 거액의 기부를 하고 있었던 것이다. 기사의 신분만은 간신히 지킬 수 있었으나 란체로는 거의 무일푼이 되고 말았다.

"이대로 교황의 지배가 이어진다면 나는 도저히 출세할 수 없다. 차라리 내 인생을 기스카르 공작이라고 자청하는 자에게 걸어보는 게 어떨까. 잘만 된다면 그는 마르얌과 루시타니아의 새로운 국왕이, 나는 재상이 되는 거야!"

제아무리 종교적 권위와 공포로 단속한다 해도 사람의 야심이나 기골까지 없애지는 못한다. 기사 란체로는 결의를 다지고 기스카르를 구출할 계획을 세워 동지를 모았다.
　모여든 자들은 의외로 많았다. 보댕의 지배가 이어지는 한 출세는 불가능하다고 생각하는 자들은 곳곳에서 숨을 죽이고 있었던 것이다. 그들은 기스카르 밑에서 출세할 꿈을 안고 열심히 준비를 추진했다. 자금을 대는 자, 무기를 제공하는 자도 있어 계획은 순조로이 진행되었다. 그러나.
　란체로는 용기와 신중함의 균형이 약간 부족했다. 그가 신뢰해 매사에 의논 상대로 삼았던 사람은 웨스카라는 기사였다. 능변가에다 재능이 있는 사내였지만 사실 그는 보댕과 밀통하고 있었던 것이다. '이대로는 출세하지 못한다'고 생각한 점에서 그는 란체로와 마찬가지였다. 다만 란체로가 보댕에게 반역해 출세하려 했다면 웨스카는 그런 란체로를 배신해 출세하려 했을 뿐이었다.
　웨스카의 밀고로 란체로는 보댕의 부하에게 체포당해, 처참한 고문을 당했다. 손톱 사이에 달군 쇠못이 꽂히고 이를 뽑혔다. 란체로는 견뎠으나 세 번째 이가 뽑혀나갔을 때 마침내 굴복해 피투성이가 된 입으로 고백했다. 계획에 대해 털어놓고, 동지에 대해 털어놓았다.
　보댕의 부하들은 란체로의 동지들을 급습했다. 절반을 죽이고 절반을 생포했다. 목숨을 잃은 자들 중에는 란체로의 동생도 있었다. 그는 무죄를 주장하며 도망치려다 등에 투창을 맞아 즉사했던 것이다.

란체로는 처형되지 않았다. 고문에 쇠약해진 몸은 불기운이라고는 조금도 없는 감옥의 한기를 견디지 못했던 것이다. 그가 폐렴으로 죽었던 것은 처형 예정일 전날 밤이었다. 그의 시신은 매장되지 않은 채 성 밖의 들판에 버려져 들개며 까마귀의 먹이가 되었다.

란체로는 결혼하지 않았지만 애인은 있었다. 루시타니아인과 마르얌인 사이에서 태어난 여성으로, 용모는 간신히 미인이라고 할 수 있을 정도였지만 춤을 잘 추고 기질이 격렬했다. 그녀는 란체로의 원수를 갚고자 계획을 세웠다. 정식으로 결혼한 몸이 아니어서 연루되지 않았던 것이 불행 중 다행이었다. 그녀는 긴 금발이 자랑거리였지만 이를 짧게 자르고 검게 물들인 다음 무희로 가장해 웨스카에게 접근했다. 웨스카는 그녀의 춤과 춤으로 다진 몸에 이끌려 그녀를 자택 침실로 불러들였다.

혀를 물어뜯긴 웨스카의 시체가 종자에게 발견된 것은 이튿날 아침이었다. 창문은 활짝 열린 채, 찢어진 시트가 침대 기둥에 묶여 창밖으로 이어져 있었다. 무슨 일이 일어났는지는 명백했다. 웨스카의 부하들은 범인의 행방을 열심히 찾아 헤맸으나 결국 발견하지 못했다. 복수의 목적을 이루고 자결했다느니, 수녀원에 몸을 의

탁했다느니, 나룻배를 타고 마르얌을 탈출했다느니 그녀의 행방을 두고 온갖 소문이 나돌았지만 진상은 알 수 없었다.

아무튼 란체로가 죽고, 웨스카가 살해되고, 관계자가 대부분 처형되어 이 사건은 낙착을 보는 것 같았다. 안심한 보댕은 드디어 '신을 두려워 않는 거짓 왕제'를 살해할 준비에 착수했다. 공공연히 처형하는 것이 아니라 감옥 안에서 독살하려 했던 것이다.

그러나 그 직전에 기스카르는 감옥을 탈출했다.

트라이칼라 성주는 알리칸테 백작이라는 사람으로, 보댕의 명령에 고분고분 따르기만 하는 평범한 사내였다. 그는 부인에게서는 자식을 얻지 못했으므로 부인의 조카인 카스텔로를 상속인으로 삼았다. 그런데 알리칸테 백작이 마르얌 귀족의 딸을 정부로 두었을 때 사내아이가 태어났던 것이다. 알리칸테 백작은 미친 듯이 기뻐하며 카스텔로에게서 상속권을 거둬버리고 말았다. 물론 카스텔로는 분노했다. 그리고 결국 카스텔로가 제2의 란체로가 되고 말았다.

원래 카스텔로는 기스카르의 처지를 동정하기도 했으므로 감옥 안의 그와 몰래 연락을 취해, 마침내 도주시키는 데에 성공했다. 이것이 파르스력 322년 4월이었다.

기스카르의 탈출을 알아차린 알리칸테 백작은 얼굴이

새하얗게 질렸다. 그는 보댕의 분노를 두려워한 나머지 거짓말을 꾸며내 기스카르가 병사했다고 보고했다. 보댕은 기뻐했으나 그 기쁨이 분노로 바뀐 것은 6월이었다. 마르얌 서부 해안지애에 있는 케파르니스 성새가 기스카르에게 점거되고 그곳에 3천 명의 반 보댕 파가 집결한 것이다.

 알리칸테 백작을 수도로 불러내 처형하고 겨우 분노를 가라앉힌 보댕은 전율했다. 최대의 적수가 풀려난 셈이 아닌가. 기스카르는 왕족으로 태어나 오랫동안 정치와 군사 면에서 역량을 보였으며 형왕을 능가하는 인망을 얻었다. 그리고 지금은 복수자가 되어 보댕의 앞을 가로막은 것이다.

 "기스카르를 사칭하는 저자는 가짜다. 속아서는 안 된다."

 보댕이 다시 선언했으나 기스카르에게서 보댕을 타도하라는 격문을 받은 자들 사이에서는 동요가 퍼져나갔다. 그것은 분명한 왕제 전하의 필적이었기 때문이다.

 기스카르의 입장에서는 보댕 따위와 대등한 입장에서 권력다툼을 벌이는 것은 치욕의 극치였다. 과거 루시타니아군의 총수로서 40만 대군을 통솔하던 몸이 이 얼마나 몰락했단 말인가. 케파르니스 성새에서 바다를 바라보며 그는 자조했다.

하지만 과거의 영광을 돌아보아도 무익할 뿐이다. 보댕을 쓰러뜨리고 마르얌 전국을 손에 넣는다. 모든 것은 그 다음부터 시작된다. 인생의 전반을 허비해버린 것 같았지만 남은 반생의 목적이 생겼다고 생각하면 된다.

감옥에서 겪은 노고에서 회복되자 한층 더 정한해진 기스카르는 우선 편지로 외교 공세에 나섰다. 유력자들에게 보내는 편지를 하루에 수십 통씩 써 보댕을 타도하라고 부추겼다. 케파르니스 성은 육지로도 바다로도 이어졌다. 온갖 통로를 따라 기스카르의 밀서가 마르얌 국내 각지로 날아갔고, 반 보댕의 기운은 나날이 드높아졌다.

원래 보댕에게 지상왕국을 통치할 만한 구상 따위는 없었다. 구 마르얌 왕국의 법률은 폐지되었지만 이를 대신할 새로운 법률은 여전히 제정되지 않았다. 지방에 파견된 주교들이 지사와 재판관을 겸임해, 이알다바오트 교의 성전과 자신의 판단만으로 행정과 재판을 주관했다. 범죄나 반란이 일어나면 군대를 보내기는 했지만 여기에도 성직자가 동행해 이래라 저래라 지시를 내리니 기사들 중에는 진저리를 치는 자도 적지 않았다.

기스카르는 보댕과 전쟁을 벌이고자 했다. 일전을 통해 기스카르가 승리하면 보댕의 권위 따위 비 맞은 모래성이나 마찬가지다. 그를 떠나는 자들이 속출해 눈 깜

짝할 사이에 붕괴되고 말 것이다.

　기스카르는 자신에게 충성을 맹세한 자들 중 열두 명을 골라, 서한을 들려 고국 루시타니아에 보냈다. 사정을 자세히 설명하고 원군을 요청한 것이다. 그들은 배를 띄워 마르얌의 해안을 출발했다.

　그러나 루시타니아 본국에서 구원 병력이 오는 일은 없었다. 간신히 사정이 판명된 것은 1년 후였다.

　사자들의 배는 폭풍이나 해적, 괴혈병에 시달리면서 4개월에 걸쳐 겨우 루시타니아의 항구에 도착했다. 모두들 사명이 절반은 성공한 줄 알았지만, 루시타니아의 정세는 상상했던 것보다도 훨씬 좋지 못했다. 왕족과 40만 병력이 나라를 비운 동안 열 명의 귀족과 성직자들이 섭정회의를 이루어 국가를 통치했는데, 그 고삐는 1년 만에 느슨해지고 2년 만에 끊어졌다. 영지 분쟁의 알력 때문에 감정적으로 대립하고 파벌을 이루어 항쟁을 벌였다. 둘이었던 파벌이 넷이 되고 여덟이 되더니, 저마다 타산에 따라 연합하고 천 명 단위의 군대가 되어 전쟁을 벌였다. 영지 분쟁에 상속 분쟁에, 그 외의 온갖 분쟁이 당파로 이어졌다.

　마르얌에서 돌아온 사자들은 환영을 받기는커녕 의심을 사고 공격을 당해, 고생한 보람도 없이 허둥지둥 기스카르에게 돌아갔다. 무사히 돌아온 사람은 출발한 인원의 겨우 절반이었다.

"원군을 보낼 만한 상황이 아니었사옵니다. 오히려 분별 있는 자는 기스카르 전하의 귀국을 고대하고 있나이다. 전하가 아니고서는 루시타니아의 혼란을 가라앉힐 수 없사옵니다. 차라리 마르얌은 보댕 놈이 알아서 하도록 내버려 두시고 귀국하심이 어떠실는지요."

1년을 기다린 끝에 겨우 이런 보고만이 돌아왔으니 기스카르는 실망하지 않을 수 없었다. 사자들의 진언대로 귀국할까도 생각해보았다. 그러나 40만 대군을 모조리 이끌고 나라를 떠난 주제에 도저히 맨손으로 돌아갈 수는 없었다. 하다못해 마르얌만이라도 손에 넣지 않고선 루시타니아에 남은 자들도 가만있지 않을 테고, 기스카르의 긍지도 이를 용납하지 못했다. 패배자인 채로 돌아갈 수는 없었다. 기스카르는 결심을 했다.

II

한번 마음을 먹자 기스카르는 정력적으로 활동하기 시작했다. 보댕을 쓰러뜨리고 정식으로 마르얌 국왕에 오른 다음 언젠가 다시 파르스를 찾아오겠노라고.

그는 루시타니아에 보냈던 사자들이 귀환하기까지 1년 동안 그저 기다리면서 성에 틀어박혀 낮잠만 잔 것은 아니었다. 어떻게 보댕을 꺾을까, 꺾은 후에는 어떻게 할까를 생각하고 또 생각했다. 그리고 매일처럼 편지를 써 어느 정도 지위와 영향력이 있는 루시타니아인에게는 모조리 보냈다. 보댕의 전제지배나 일방적인 재판에 불만을 품은 자들에게는 『자신이 마르얌을 통치하게 된다면 재판 제도를 뜯어고쳐 그대들에게 유리하도록 선처하겠다』고 제안했다.

이뿐만이 아니었다. 보댕의 충실한 지지자들에게도 밀서를 보냈다. 자신을 따르면 후히 보답하겠다는 내용이었지만, 사실은 여기에 여러 가지 잔재주가 가미되어 있었다. '이미 아무개는 자신을 따르기로 했다' 느니, '아무개는 모일 모시에 반란을 일으킬 예정' 이라느니, 그런 내용의 밀서를 특정한 인물들에게 보내기도 하고, 일부러 잃어버려 보댕 파의 손에 넘어가도록 꾸미기도 했다. 이러한 책략은 자칫 책략 자체에 빠질 위험성도 있지만 기스카르는 주의 깊게 작업에 착수했다. 그 결과 보댕 파의 유력자 두 사람이 기스카르와 내통하는 자로 간주되어 잇달아 암살당했다. 보댕 파가 서로를 의심하기 시작하고 동요하기를 기다렸다가 기스카르는 다음과 같은 포고를 발령했다.

『교회가 소유한 영지는 절반을 왕실의 것으로 삼되, 절반은 공적 있는 자들에게 분여할 것이다. 또한 금은보화를 비롯한 재물은 모두 손에 넣은 자의 소유권을 인정한다. 이상을 루시타니아 왕실의 이름으로 약속한다.』

 기스카르는 교회를 약탈하도록 부추긴 것이다. 그야말로 신도 두려워 않는 행위였으나, 청빈함을 주지로 삼아야 할 교회가 금은보화를 끌어안고 있는 것이 더 이상하다. 만성적으로 썩어가던 성직자들에 대한 불만을 교묘하게 이용한 것이다.

 이리하여 두 달 사이에 백 곳을 넘는 교회가 기스카르 파에게 습격당했다. 크고 작은 보석을 박아넣은 제단, 황금으로 만든 촛대, 금화, 비단, 밀이며 말 등등 교회가 소유한 수많은 재산이 약탈되고 건물은 불탔다. 습격당하지 않은 교회들도 동요해 일부가 기스카르 진영에 가담했다.

 기스카르는 성직자들 중에서 적당한 인물을 골라 대주교 칭호를 주었다. 성직자의 임면권은 보댕이 독점하고 있었는데, 이를 공공연히 거스른 것이다. 보댕의 권위가 절대불가침이 아니라는 사실을 온 나라 안에 선언한 것이나 마찬가지였다.

 루시타니아인들은 여전히 동요했다. 그들에게 지배당하는 마르얌인들은 숨을 죽이고 사태를 지켜보았다. 그리고 약탈당한 교회는 비명을 지르며 교황 보댕에게 도움을 청했다. 보댕의 입장에서는 참으로 불쾌하기 그지

없었다. 그는 권위와 권력에는 집착했지만 금은보화에 대해서는 그렇지도 않았다. 교회가 재산을 비축해두는 데 관심을 두지 않았던 것이다.

"파문당한 배교자 놈들에게는 신께서 벌을 내리실 것이다. 그러나 성직자들도 명심해야 한다. 지상의 부귀 따위 신의 종복에게는 필요 없는 것. 재물을 약탈당한 데에 탄식해서는 안 된다."

그렇게 설교하고, 새삼스레 '가짜 기스카르'에게 파문을 선언했다. 기스카르는 태연자약했다.

"내가 건재하다는 것 그자체가 증거다. 신의 이름을 남용하는 보댕 따위에게 파문을 당한들 신벌은 내리지 않는다. 그뿐이랴, 욕심 많은 타락한 성직자들에게서 부정한 재산을 거두어들였으니 오히려 신께서는 흡족하시지 않겠는가. 그 사실은 보댕조차 인정하고 있다. 널리 행하라."

기스카르 파는 교회를 더더욱 극심하게 습격했다. 그들만이 아니었다. 루시타니아인들의 지배에 반감을 품었던 마르얌인들의 집단, 나아가서는 도적떼까지 나서 기스카르 파의 이름을 이용해 교회를 공격했다. 물론 보댕은 군대를 파견해 '배교자들'을 토벌하려 했지만 사기는 이미 바닥까지 떨어진 상태였다. 모양뿐인 출동을 해선 자기 손으로 교회의 재산을 훔치고, 마을을 불

태우고 농민들을 죽이고, 그들의 목을 베어선 '배교자들을 물리쳤다'고 보고하기 일쑤였다. 보댕의 측근 성직자들은 그러한 사태에 대처할 능력이 없어 서로 책임을 전가하기만 했다.

이 이상 수수방관했다가는 보댕의 권위는 누에가 잎을 먹어치우듯 너덜너덜해지고 말 것이다. 결전을 미루기만 했던 보댕도 마침내 마음을 굳히고 군을 소집했다. 신과 교황을 저버린 배교자들을 치라는 교서教書가 마르얌 전국의 루시타니아인들에게 발령되었다.

"10만 명은 모이겠지."

보댕은 그렇게 예측했으나, 열흘 동안 모인 장병은 4만 명밖에 되지 않았다. 그렇다고 다른 자들이 기스카르의 군기 밑으로 달려간 것은 아니었다. 병이니 상중이니 적당한 핑계를 대고 성문을 닫아버렸던 것이다. 요컨대 형세를 관망하다가 승리한 쪽에 붙자는 속셈이었다.

"교활한 기회주의자 놈들. 신께서 잠자코 계실 줄 아느냐."

보댕은 이를 갈았다. 그는 출병하지 않는 귀족 하나를 토벌해 본보기로 삼고자 했으나 측근 기사들에게 저지당했다. 이 시기에 그런 짓을 했다간 두려움보다도 반발을 살 것이 뻔하다. 성 하나를 공략해 불신심자 하나의 수급을 취한다 한들 남은 중립파를 기스카르의 진영으로 쫓아내버릴 뿐이다.

"어쨌거나 제악의 근원은 기스카르 전하의 이름을 사칭하는 그 가짜 놈이옵니다. 정정당당히 싸워 놈의 수급을 거둔다면 만사가 순조로이 풀릴 것이옵니다."

"그 말은 든든하네만, 그대들은 이길 자신이 있는가?"

"무슨 말씀이시옵니까, 교황 예하. 진짜 기스카르 전하라면 무예와 지략이 뛰어나시니 저희가 패배할지도 모르겠지만 가짜 따위를 두려워할 필요가 있겠나이까. 반드시 놈의 수급을 교황 예하 어전으로 들고 돌아오겠나이다."

기사들의 호언장담에 보댕은 매우 복잡한 표정을 지었으나 입 밖으로는 아무 말도 하지 않았다. 할 수 없었던 것이다.

이리하여 파르스력으로 323년 가을, 같은 루시타니아인들 사이에서 '자카리아 전투'가 벌어졌다.

교황 보댕의 군세는 4만. 기스카르의 군은 1만 8천. 숫자로 보자면 기스카르에게 승산은 없었다. 그래도 기스카르가 정면결전에 나선 데에는 충분한 이유가 있었다.

"4만이라 해봤자 충정으로 보댕을 위해 싸우려는 자는 1만 5천에서 2만 정도가 고작일 것이다. 나머지는 갈대처럼 강한 바람에 휩쓸리겠지. 두려워할 것 없다."

모여든 기사들을 향해 기스카르는 힘차게 단언했다.

지난 몇 년 동안 고초를 겪으며 기스카르는 약간 마르고 머리카락은 절반이 회색으로 변했다. 그러나 늙어 수척해진 것처럼 보이지는 않았다. 두 눈이 날카롭고 격렬하게 빛나 오히려 정한함이 더해진 것 같았다. 모여든 기사들은 그 위광을 보고 왕제가 진짜임을 새삼 확신했다.

파르스에서 전쟁을 겪으며 기스카르는 몽페라토와 보두앵 같은 유력한 장수들을 잃었다. 그들이 건재했다면 한층 자신감과 승산을 품고 전쟁에 임할 수 있었을 것이다. 그러나 지금 기스카르는 스스로 최전선을 지휘했다. 위험하다고 만류하는 자도 있었으나 여기서 보댕에게 패배해 죽는다면 자신의 목숨은 원래 그 정도 가치였던 것이라고 마음을 굳혔다.

한편 보댕도 군의 사기를 높이기 위해 스스로 전장에 나섰다. 열두 명의 굴강한 병사들에게 가마를 짊어지게 하고, 옆에는 이알다바오트 교의 신기를 세워 마르얌의 수도를 떠났다. 마르얌 사람들은 집 안에서 창문만 살짝 열고 싸늘한 눈으로 교황을 지켜보았다.

III

자카리아 평야는 사방으로 멀리 산이 내다보이는 돌뿐인 황무지로, 양을 노리는 늑대조차 모습을 보이지 않는 곳이라고 한다. 물도 부족하고 기류 탓인지 잦은 악천후에 시달린다. 장래에도 개척은 이루어지지 않고 언제까지나 불모지일 것이다.

기스카르와 보댕이 전투를 벌일 전날 밤에도 차가운 비가 쏟아져 길은 진흙탕으로 변했다. 병사들은 하얀 입김과 함께 날씨에 대한 욕설을 토해냈다.

이런 불모지가 전장으로 선택된 데에 이유가 없는 것은 아니었다. 자카리아 평야는 마르얌의 국토 거의 한복판에 있었으며, 세 개의 주요 가도가 근처를 지나므로 누가 어떻게 군을 움직이더라도 일단은 확보해두어야 하는 위치였던 것이다. 과거에는 마르얌군의 감시탑이 있었지만 루시타니아군이 침공했을 때 불타 무너져, 이제는 그을린 돌덩어리만이 폐허로 남았을 뿐이었다.

전장에 나타난 보댕은 나름대로 기운이 넘쳤다. 적군의 숫자가 아군의 절반 이하라는 말을 들은 덕이기도 했다. 양군이 포진을 마치자 보댕은 가마와 신기를 진두로 나아가게 했다. 큰 목소리로 기스카르군에게 외쳤다. 지금 참회하며 무기를 버리고 신기 앞에 무릎을 꿇는다면 신께서 그대들의 죄를 구원하실 것이며 그렇지 않는다면 배교자로서 지옥의 불길에 휩싸일 것이라고.

기스카르는 대답할 마음도 들지 않았다. 말없이 한 손을 들었다가 내리자 보댕군을 향해 일제히 화살이 날아갔다. 보댕의 가마에도 화살 두 대가 박혀 교황 예하는 가마 위에서 휘청거리며 손을 짚었다.

"천벌 받을 놈들! 놈들에게 신벌을 내려주어라!"

이리하여 전투가 시작되었다. 한바탕 화살이 오가자 다음에는 창과 검의 전투로 넘어갔다. 양군은 진흙에 휩싸이며 전진해 정면으로 격돌했다.

"신이여, 지켜주소서!"

"이알다바오트 신이여, 굽어 살피소서!"

유일절대신을 섬기는 자들끼리 무기를 휘둘러 서로를 죽여대는 것이다. 검이 머리를 베고 창이 목을 꿰뚫었으며 곤봉이 등뼈를 부러뜨렸다. 자카리아의 하늘은 구름인지 안개인지도 모를 싸늘한 회색에 뒤덮인 채 태양은 허연 곰팡이가 돋아난 조그만 동전처럼 하늘에 매달려만 있었다. 병사들이 토하는 희뿌연 숨에 붉은 피가 더해졌다.

루시타니아의 갑주는 파르스의 것보다도 무겁다. 말 위에서 떨어진 기사들은 일어나서 도망치지도 못한 채 말발굽에 짓밟히고 곤봉에 얻어맞았다. 필사적으로 갑주를 벗어 던지려 하는 자도 있었지만 간신히 반쯤 벗었을 때 창에 찔려 죽는 비참한 몰골을 연출했다.

보댕군의 기사들 중 몇 명이 깨달은 사실이 있었다. 기스카르군은 모두 경장이었으며, 갑주 대신 방패로 화살과 창을 막았다. 심지어 대다수가 보병이었다. 날씨를 고려한 기스카르는 진흙탕 속에서 움직이기 편하도록 전군의 복장을 새로 갖추었던 것이다. 이를 멀리서 바라본 보댕군은 "가짜 왕제의 군에는 갑주를 갖출 돈도 없는 모양이지?"라며 조소했을 뿐이었다. 하지만 전황이 진행됨에 따라 중무장을 한 보댕군은 움직임이 둔해지기 시작했다.

중장 기병대는 말의 다리가 진흙탕에 빠져 제대로 전진하지도 못했다. 갑주를 입은 인간을 태우기만 해도 말에게는 큰 부담이 된다. 여기에 진창이 더해지니 움직이려야 움직일 수가 없다. 구슬프게 울면서 주저앉고 말았다.

"움직여! 움직이란 말이다, 이 밥버러지들아!"

인간들도 조바심을 냈다. 움직이지 못하는 기병대 따위 그저 고깃덩어리에 쇳덩어리일 뿐이다. 그런 상황에 기스카르군이 화살을 쏘아댄다. 사람이 아니라 말을 노린 것이다. 무자비하지만 효과적인 전법이었다. 잇달아 말이 쓰러지고 기사들은 진흙탕 속에 나뒹굴었다. 신의 축복을 받은 줄로만 알았던 갑주는 온통 진흙에 찌들어 일어나기조차 쉽지 않았다. 쓰러진 말에게 다리며 몸통이 끼면 갑주의 틈새로 진흙물이 들어온다. 견디다 못해 투구를 벗으면 그곳에 화살이 날아든다. 그래도 수백 기는 간신히 흙투성이 사지에서 벗어나 기스카르의 본진을 향해 백병전을 감행했다.

 기스카르는 스스로 전투도끼를 휘둘러 기사 네 명을 말 위에서 거꾸러뜨렸다. 다섯 번째 기사는 호락호락하지 않았다. 무거운 장창을 뻗어, 약간 지친 기스카르의 손에서 전투도끼를 쳐 떨구었다. 그리고 자신도 무거운 장창을 버리더니 검을 휘둘러 기스카르의 목을 베려 했다. 기스카르는 방패로 간신히 막아냈다. 기사는 기스카르의 방패를 세 차례 검으로 후려쳐 방패에 균열을 일으켰다. 그때 기스카르군의 보병이 달려와 창으로 기사의 옆구리를 찔렀다. 창날이 갑옷을 꿰뚫지는 못했지만 기사는 말 위에서 균형을 잃고 비틀거렸다. 기스카르는 즉시 검을 뽑아 정확히 상대의 목을 찔렀다. 격렬한 반응이 손에 전해져 치명상을 입혔음을 알려주었다. 갑옷과 투구 틈새에서 검붉은 피가 솟으며 기사는 거꾸로 낙마해 땅바닥을 끌어안았다.

 최고지휘관이 검을 휘둘러 혈전을 벌이고 있으니 기스카르군의 사기는 높았다. 그들은 창날을 가지런히 세우고 보댕군에게 달려들어 확실하게 적의 수를 줄여나갔다.

보댕군은 적의 두 배 이상 되는 병력을 갖추었으면서도 이를 살리지 못했다. 경장을 입은 기스카르군이 재빠르게, 교묘히 전진하고 후퇴하면 따라가지 못한 채 우왕좌왕 쓰러지기만 했다. 아군의 못난 모습에 보댕은 자신도 모르게 하늘을 우러렀다.

"네 이놈, 기스카르. 교활한 여우놈! 이노켄티스 왕이 냉큼 놈을 해치워 주었더라면 오늘 이 고생을 하지 않아도 됐을 것을!"

이 노성이 전쟁의 귀추를 결정하리라곤 보댕은 상상도 못했으리라. 하지만 그렇게 되고 말았다. 보댕의 본진에 있던 코리엔테 백작이라는 인물이 보댕의 노성을 듣고 놀랐다. 그는 보댕의 선고를 진실이라 생각했으며 기스카르 공작은 가짜라 믿어 의심치 않았던 것이다.

"이럴 수가, 기스카르 공작은 진짜였구나. 그렇다면 이야기가 다르지. 우리는 교황에게 속았다는 뜻이 되니까."

원래 코리엔테 백작은 자진해서 보댕을 섬긴 것은 아니었다. 자립해서 자신의 길을 갈 만한 세력이 없었기에 강자에게 붙었을 뿐이었다. 그러나 이때 그의 마음에 한 줄기 바람이 휘몰아쳤다. 평생에 단 한 번뿐인 도박을 단행할 시기가 왔다고 생각했다.

코리엔테 백작의 병사는 2천 명. 이들이 느닷없이 "기스카르 전하에게 가세하겠다!"고 외치며 보댕군의 좌측

후방을 치고 들어왔다. 보댕군이 일치단결해 싸웠다면 이 정도 배신은 아무것도 아니었겠지만 코리엔테 백작의 동요와 변심은 분마지세로 전군에 전염되었다. 이에 맞서 싸워야 할 제후들의 부대가 잇달아 창을 거꾸로 돌리고, 바로 조금 전까지 아군이었던 자들에게 덤벼들었다. 이것은 언뜻 우발적인 사고처럼 보였지만, 결국은 못다 억누른 불만과 불신의 연못이 단 한 방울의 물에 범람해버린 셈이었다.

보댕군은 단숨에 궤란 상태에 빠졌다.

"가증스러운 배교자 놈들. 천벌을 받을 것들!"

회색 하늘을 우러러보며 보댕은 매도했다. 전방에서는 기스카르군의 공세를 받아내다 못한 장수들이 전령을 보내 보댕의 지시를 촉구했다. 그러나 원래 보댕은 전장의 영웅이 아니었다. 적확한 지시를 내리려 하지도 않고 가마 위에서 우왕좌왕할 뿐이었다. 그러는 동안 기세를 탄 기스카르군은 마지막 예비병력을 투입해 보댕군의 진열을 무너뜨리며 교황의 근처까지 육박했다. 우박 같은 소리를 내며 화살이 쏟아지고 가마에 대여섯 발이 박히자 마침내 보댕의 허세도 사라졌다.

보댕은 가마를 짊어진 병사들에게 고함을 질러 도망쳤다. 아마도 이알다바오트 신의 가호만 믿고 있을 수는 없었던 모양이었다.

"교황께서 도주하신다!"

비명에 가까운 목소리가 터지고, 보댕군의 전의는 신께서 계시는 하늘 저편으로 흩어져 날아갔다. 이때 보댕군의 병력은 잇따른 배신으로 1만 5천 정도 감소한 상태였다. 감소한 숫자는 그대로 기스카르군을 증강시켜 병력 대비는 뒤집어지고 말았다.

피와 진흙에 찌든 전투가 끝났을 때 자카리아 평야에는 1만 5천의 시체가 굴러다니고 있었다. 그중 1만 2천이 보댕군의 장병이었다. 기스카르군은 교황 보댕을 뒤쫓았으나 한발 직전에 놓치고 말았다. 보댕은 가마에서 뛰어내려 제 발로 도망쳤던 것이다. 빈 가마는 전리품으로 기스카르 앞에 놓였다.

"언제 봐도 도망치는 솜씨 하나는 일품이구나. 그러나 다음 전투 때는 놈의 두 발을 창으로 땅에 꿰어놓고 말겠다."

진흙과 안개비에 젖은 얼굴로 기스카르는 껄껄 웃었다. 파르스에서 쫓겨난 후로 겪었던 고난과 굴욕을 기스카르는 이 웃음으로 날려버린 것이었다.

그의 발밑에 무릎을 꿇고 승리를 축하하는 자가 있었다. 코리엔테 백작이었다. 그 사실을 알고 말에서 뛰어내린 기스카르는 황송해하는 백작의 손을 잡았다. 이것은 만인에게 일생일대의 정치적 연기를 보여주어야 하는 장면이었다.

"바른 길로 돌아와주어 참으로 감복하였도다. 돌아가신 형님께서도 왕실에 대한 그대의 충성에 기뻐하실 터. 거짓 교황 보댕을 타도하는 날에는 그대에게 후히 보답하겠노라."

그리고 코리엔테 백작에게 여전히 보댕 진영에 속한 지인들을 돌아서도록 설득해달라고 부탁했다. 백작은 기꺼이 승낙하고 냉큼 열 통의 밀서를 작성해 각지의 지인들에게 보냈다.

'자카리아 전투'로 마르얌의 국내 정세는 크게 움직였다. 숨을 죽이고 형세를 관망하던 제후들은 앞을 다투어 기스카르 진영에 가담했다. 그래도 보댕이 단숨에 파멸하지 않았던 것은 뭐니 뭐니 해도 수도를 장악했으며, 나아가서는 이알다바오트의 신기를 가지고 있었기 때문이었다.

IV

이리하여 파르스력 324년, 마르얌은 양분되었다. 북쪽에는 교황 장 보댕이 지배하는 신성 마르얌 교국敎國이, 남쪽에는 국왕 대리 기스카르가 통치하는 영역이 생겨났는데, 후자는 이제 국토의 7할을 차지하기에 이르렀다.

 미스르 국왕 호사인 3세에게 해로를 통해 보댕의 친서가 전해진 것은 파르스력으로 324년 가을, 다시 말해 호사인 3세가 디즐레 강가에서 파르스군에게 패한 후였다. 왕궁에서 재상으로부터 친서를 전달받은 호사인 왕은 한번 훑어보고는 크게 혀 차는 소리를 냈다.

 "흥, 교황은 미스르의 국군을 자신의 용병으로 삼을 생각인가? 남에게 무언가를 부탁하면서 태도가 오만하군."

 "어떻게 하시겠나이까, 폐하."

 "마르얌의 절반 따위 받아봤자 쓸 데도 없지. 게다가 이 조건이라면, 짐의 무력으로 기스카르 공작을 타도하기 전까지는 흙 한 줌 얻지 못하는 것 아닌가."

 호사인 3세는 보댕의 밀서를 바닥에 내팽개쳤다. 밀서의 내용은 기스카르를 타도한다면 점령한 땅을 미스르에게 주겠다는 것이었다.

 바다에서 온 원군이 기스카르군의 배후를 친다. 전술적으로는 결코 나쁘지 않은 생각이지만, 일부러 선단을 꾸려 마르얌까지 가야 하는 미스르군은 일방적으로 고생을 짊어지는 셈이다. 마르얌까지 해로로 8일에서 10일 걸리는 여정에 1만 장병을 파견하려면 30만 끼니의 식량을 마련해야만 한다. 상륙한 후로도 병량은 필요하고, 겨울을 대비해 의복도 필요하다. 그렇게 호락호락 병사를 움직일 수는 없다.

"마르얌의 영토 따위 출병해 점령할 만한 가치도 없지. 군비와 인명만 낭비할 뿐. 그러나……."

호사인 3세는 생각에 잠겼다. 마르얌을 지배하는 루시타니아인들에게 정치적 우위를 확립해두는 것. 이는 나쁘지 않은 선택이다. 그러나 마르얌이 양분된 이상 어느 쪽의 편을 들지, 그것이 큰 과제가 되었다. 보댕의 편을 들어 마르얌의 남쪽 절반을 할양받는다면 미스르의 영토는 확대되고 서쪽과 남쪽의 해로도 손에 넣을 수 있을 것이다. 하지만 기스카르와 싸워 이길 수 있으리라는 보장이 없고, 이긴다 해도 손해를 입을 것은 확실하다. 그렇게 됐을 때 보댕이 정말 약속을 지켜줄까? 이교도를 인간이라고도 생각하지 않는 보댕이 아니던가. 약해진 미스르와의 약속을 저버리고, 심지어 미스르군에게 공격을 가해 바다로 몰아내버리려 할지도 모른다.

"도저히 보댕 따위에게는 힘을 빌려줄 수 없겠어. 그렇다면 기스카르와 손을 잡아야 할 텐데, 이쪽에서 먼저 나선다 한들 약점만 보일 뿐이고. 아니, 잠깐만. 바라지도 않던 선물이 있지 않나."

호사인 왕은 무릎을 탁 쳤다.

보댕이 파견한 사자는 생포되어 감옥에 갇혔다. 호사인 왕은 군선을 한 척 마련해 생포한 사자를 마르얌으로 송환시켰다. 기스카르에게 보낸 것이다. 곤궁에 처한 나머지 보댕이 파견한 사자는 미스르의 외교 도구로 쓰였다.

파르스에 항구도시 길란이 있듯 신두라에도 이름 높은 항구도시가 있다. 이름은 말라바르인데, 해외에서 온 여행자와 물자는 이곳에 상륙하고 운하나 가도를 거쳐 이틀 후면 수도 우라이유르에 도착한다.

미스르에서 온 배가 말라바르에 입항한 것은 11월 어느 날이었다. 말라바르 총독에게 미스르 국왕 호사인 3세의 사자가 찾아왔다는 보고가 올라왔다. 사자라는 인물은 신두라 라자 라젠드라 2세 폐하를 알현하기를 희망하며 미스르 금화 500닢을 총독에게 증정했다. 총독은 성의를 다해 만사를 주관해 수도 우라이유르로 사자를 파견했다.

"호오, 미스르 국왕의 사자라?"

라젠드라는 눈을 빛냈다. 그는 튀르크군과의 전투에서 귀환해 양귀비꽃이 흐드러지게 핀 안뜰 한쪽에서 점심을 먹고 있었다. 남국 신두라도 11월이 되면 아침저녁에는 서늘해지며, 그 대신 낮에는 시원해 지내기가 편하다. 라젠드라는 향신료가 잘 배어든 수프를 마신

다음이라 이마와 목덜미에 땀방울이 맺혀 있었다. 이를 시녀에게 닦게 하며 왕궁 경비대장 프라자 장군에게 물었다.

"그자의 신분은 확실했나?"

"황금으로 만든 신분증은 분명히 가지고 있었습니다. 국왕의 친서는 직접 드리겠다고 합니다."

"좋아, 들여보내. 무슨 소리를 지껄일지 한번 들어보지."

안뜰로 들어온 것은 사자 한 사람뿐이었다. 신두라 라자 폐하에 대한 헌상품은 그보다 앞서 이미 도착한 후였다. 80명의 기술자가 4년에 걸쳐 짠 융단, 미스르 특산품인 향유, 용연향, 황금 세공품 등등이었다. 라젠드라는 물질을 받으면 그 점에 관해서는 고분고분 감사할 줄 아는 자였다.

"이거 참, 두루 마음을 써주니 송구스럽군. 미스르 국왕 호사인 폐하께 안부 전해주게."

기분 좋게 말하며 라젠드라는 사자를 관찰했다.

'미스르에서 태어나 자란 사람은 아니로군.'

그는 간파하고 있었다. 사자는 미스르인이 매우 좋아하는 향유를 바르지 않았고, 옷의 색채도 얌전했다. 눈에 뜨이는 것은 오른쪽 뺨에 깊고 커다란 흉터가 있다는 점이었다.

신두라 라자와 미스르 사자의 대화가 시작되었지만 언

어는 파르스어였다. 대륙공용어이기 때문이다. 반대로 말하자면 파르스어만 익히면 어느 나라하고도 외교나 무역을 할 수 있다는 뜻이다.

사자는 용건을 꺼냈다. 미스르와 공수동맹을 체결해 파르스를 동서에서 협공해 달라는 것이었다. 신두라의 입장에서는 외교 방침을 크게 전환해야 하는 제안이었다. 라젠드라는 물론 간단히 승낙하지는 않았다.

"가령 말일세. 미스르와 손을 잡는다 치고, 대체 우리나라에 어떤 이익이 온단 말인가?"

"파르스의 손에서 대륙공로의 지배권을 빼앗을 수 있습니다."

"흐응?"

라젠드라는 입가를 일그러뜨렸다.

"겨우 그것뿐인가? 하찮군."

"대륙공로는 파르스에게 거액의 부를 가져다주고 있습니다. 그것뿐이라니, 황송하오나 과소평가하시는 것 아니옵니까?"

"거듭 말하지만 그것뿐일세."

라젠드라도 이번에는 목소리를 내 조소했다.

"거액의 부를 가져오는 거야 사실이지만 그거야 파르스가 토해내는 것 아닌가. 미스르의 주머니 사정에는 아무런 영향도 없지. 그래놓고 은혜를 베푸는 양 지껄이는 건

도리가 아니라고 생각하네만? 어떤가, 사자 나리?"

사자가 당장은 대답하지 않았으므로, 라젠드라는 태연한 표정 안에서 생각을 굴려보았다.

파르스를 동서에서 협공한다는 말은 듣기에는 좋지만 현실성은 매우 희박하다. 파르스의 광대한 국토를 가로질러 동서에서 연락을 주고받기란 지극히 어렵다. 파르스의 입장에서는 그 국토 자체를 장벽으로 삼아 동서의 적을 분단할 수 있는 것이다.

미스르가 신두라를 부추겨 파르스를 공격하게 한다. 그리고 미스르 자신도 파르스와 싸운다고 한다면, 그건 뭐 그거대로 좋다. 하지만 파르스가 미스르에게 유리한 조건으로 강화講和를 청하고 이를 미스르가 받아들였을 때는 어떻게 되겠는가. 파르스는 등 뒤의 위험을 차단한 채 총력을 기울여 신두라로 쳐들어올 것이다. 득을 보는 것은 미스르뿐이고, 그들에게 놀아난 신두라는 존망의 위기에 내몰리게 된다. 함부로 미스르의 청을 받아들일 수는 없다. 최소한 미스르가 먼저 나서 본격적으로 파르스와 싸워 파르스의 병력 대부분을 서방에 끌어놓기 전까지는. 그 정도의 성의는 보여주어야 하지 않겠는가.

신두라에게는 북쪽에도 방심 못할 적이 있다. 튀르크 국왕 카르하나가 무슨 꿍꿍이인지는 아직 알 수 없지만, 가령 그가 신두라에 전면공세로 나선다면 파르스의 무력을 한편으로 삼아야 한다. 쉽사리 파르스 포위망 따위에 가담할 수는 없었다. 처음에 파르스가 당하고 그다음에 신두라가 침공당하는 사태라도 벌어졌다간 그 꼴을 눈 뜨고 볼 수 있겠는가.

"사자는 이 사실을 아는지? 이 라젠드라와 파르스의 아르슬란 왕은 형제라 해도 좋을 만큼 절친한 사이라네."

"알고 있사옵니다."

"흐음. 그걸 알고도 파르스를 치라고 나에게 권했단 말인가? 형제더러 원수가 되라고?"

"그러면 한 말씀 여쭙겠습니다, 라젠드라 폐하. 친형제는 지금 어디 계시는지요?"

마음에 안 드는 놈이로군.

라젠드라는 생각했다. 사자는 라젠드라가 즉위하기 전에 이복형제 가데비와 싸워 그를 처형했던 사실을 암유하는 것이다.

"글쎄, 어디서 뭘 하는지. 그대의 말은 벌꿀처럼 달콤하네만 그걸 삼켰다가 충치의 고통에 눈물을 흘려선 후회해봤자 소용이 없겠지."

가데비에 대해서는 무시하고 라젠드라는 미소를 지었다. 생전의 가데비가 미워하던 미소였다. 『자못 천진난만한 척하는 그 미소 속에서 놈은 남을 함정에 빠뜨릴

꿍꿍이를 꾸미고 있다」고.

바로 맞았어. 그게 어쨌다고.

그가 속이는 상대는 왕후귀족뿐, 가난한 민중을 함정에 빠뜨린 적은 한 번도 없었다.

사자가 슬쩍 몸을 내밀었다.

"대의명분이 이쪽에 있다는 것도 생각해 주시옵소서. 파르스의 샤오를 자칭하는 아르슬란은 참왕이옵니다. 왕을 참칭하는 찬탈자이옵니다. 그놈을 쳐서 멸하는 것이 정의가 아니겠사옵니까?"

라젠드라는 같잖다는 표정을 지었다.

"그대는 참왕 참왕 하는데, 안드라고라스 왕이 죽은 후 왕태자가 즉위했을 뿐일세. 법적으로는 아무런 문제도 없을 텐데?"

"아르슬란은 왕가의 혈통이 아닙니다."

"그래서 어쨌다는 건가. 그딴 건 아르슬란 자신이 이미 공표했어. 약점이 되지 않아."

라젠드라는 짓궂게 웃었다. 아르슬란이 안드라고라스의 친아들이 아니라는 사실을 알았을 때는 라젠드라도 놀라지 않을 수 없었지만, 생각해보면 공표해버리는 편이 더 나았다. 비밀은 감추어야 비로소 무기가 되는 것이므로, 모두가 안다면 '그래서 어쨌다고'밖에 안 된다. 무엇보다 파르스의 주변 국가들 또한 왕가의 계보도를 가만히 보면 여러모로 수상쩍은 점이며 떳떳치 못한 부분이 있으니, 그렇게 거들먹거릴 처지는 못 되는 것 아닐까.

침묵에 잠긴 사자에게 라젠드라가 거듭 말했다.

"미스르에 돌려야 할 파르스의 칼끝이 우리 나라로 돌아오게 됐다간 참담한 꼴이 벌어지겠지. 뭐니 뭐니 해도 파르스는 강하네. 그걸 가장 잘 아는 건 루시타니아인지 뭔지 하는 먼 나라 놈들일 걸세."

라젠드라는 시녀에게 손을 내밀었다. 시녀가 공손히 내민 은쟁반에는 파파야를 비롯한 네 종류의 과일에 벌꿀과 요구르트를 끼얹은 것이 얹혀 있었다. 라젠드라는 이를 받아들며 눈짓으로 조용히 명령했다. 눈치를 챈 시녀 한 사람이 슬쩍 일어나 건물 안으로 모습을 감추었다. 은수저로 과일을 떠먹으며 라젠드라는 한층 활달한 목소리로 말했다.

"뭐, 제법 재미있는 이야기였네. 미스르 국왕의 생각은 잘 알겠으니 선처하지."

선물은 고맙게 받겠지만 제안에는 응하지 않겠다는 뜻이었다. 철면피라는 말은 이럴 때 쓰는 말이다.

"그러면 물러날 수밖에 없겠군요."

"물러나서 어디로 갈 텐가?"

사명에 실패하고도 뻔뻔히 돌아갈 수는 없을 것이라고

행간으로 물은 것이었다.

"파르스 샤오에게 가려 합니다."

사내는 그렇게 말하고 표정을 홱 바꾸어 라젠드라의 얼굴을 쳐다보았다. 라젠드라는 잠자코 빈 과일 접시를 식탁 위에 놓았다.

"파르스 샤오에게 이렇게 아뢸 것입니다. 신두라 라자 라젠드라 폐하는 파르스와의 화평조약을 파기하고 미스르와 동맹을 맺었다고. 즉시 병사를 일으켜 신두라를 치려 한다고. 어떠신지요."

사내의 두 눈이 번뜩 빛난 것 같았다.

"그대는 사람이 좀 지나치게 재미있군."

라젠드라는 살짝 눈을 가늘게 뜨고, 그에 비례하듯 목소리도 나직해졌다. 그는 타인을 속이는 것은 좋아하지만 속는 것은 싫어했으며, 협박을 받는 것은 더욱 싫어했다. 오른쪽 뺨에 흉터가 있는 미스르의 사자는 신두라 라자의 궁전에 쳐들어와 주인을 협박하려 드는 것이다. 이렇게 마음에 안 드는 자가 눈앞에 있다면 냉큼 해치워버려야 한다. 훗날의 화근을 남겨서는 신들에게 체면이 서지 않는다.

"이 자리에서 그대를 죽여버리도록 하지. 그러면 혀를 함부로 놀릴 수도 없을 테니."

"과연 그러실 수 있을지?"

오른쪽 뺨에 흉터가 있는 사내는 침착했다. 혹은 침착한 척했다. 스무 명 정도 되는 신두라 병사가 곡도며 곤봉을 들고 그를 포위했다. 물론 라젠드라가 눈짓했던 시녀가 시위 병사들에게 지시했던 것이다.

"제가 이틀 후 새벽녘까지 말라바르 항구로 돌아가지 못할 경우 배는 즉시 출항해 파르스의 길란으로 도망치게 되어 있습니다. 그리고 말할 테지요. 라젠드라 왕은 미스르와 손을 잡고 파르스를 적대하기로 했다고. 그래도 괜찮으시겠습니까?"

사내의 말을 라젠드라는 웃어넘겼다.

"그 정도 협박에 누가 넘어갈 줄 아나? 그대의 시체를 파르스의 왕도로 보내 사정은 이랬다고 설명하면 아르슬란은 당연히 나를 믿어줄걸? 애초에 살려두어도 파르스 샤오에게 달려갈 거라 했으니 죽여버리는 편이 내 마음도 놓일 걸세. 내 말이 틀렸나?"

"……."

"지루한 시간 잘 때워주었네. 하지만 나 한 사람 설득하지 못하면서 파르스를 어떻게 하겠다니, 멍청이의 망상에 불과하지. 미스르 국왕에게는 좋은 교훈이 될 걸세."

라젠드라가 손가락을 울렸다. 이를 신호로 병사들이 움직였다. 미스르에서 온 사자를 향해 쇄도했다. 그러나 그들보다도 신속하게 움직인 자가 둘 있었다.

미스르에서 온 사자가 허리띠를 뽑아들고 날카롭게 휘둘렀다. 라젠드라는 위험을 깨닫고 의자와 함께 뒤로 넘어져 이를 피했다. 접시 위의 과일이 허리띠에 닿자 멋들어지게 절단되어 허공에 춤을 추었다. 허리띠 속에 얇은 칼날을 숨겨두었던 것이다.

미스르에서 온 사자는 국왕 참살보다도 자신의 도주를 우선시했다. 칼이 닿는 범위를 벗어난 라젠드라를 쫓지 않고 몸을 돌려선 허리띠를 옆으로 휘둘렀다. 날카로운 소리와 둔중한 소리가 연속으로 이어지며 병사 한 사람의 목이 베였다. 그리고 곤봉을 들고 있던 오른손이 허공으로 솟았다. 안뜰에는 비명과 노성이 오갔다. 그러한 목소리도 건물이나 수목림에 차단되어 작게 퍼져나갔다. 라젠드라는 긴장을 풀고 다시 의자에 앉았다. 금세 왕궁 경호대장 프라자 장군이 거구를 움츠리는 자세로 왕에게 달려왔다.

"놓쳤나?"

"송구스럽기 그지없습니다. 즉시 기병을 동원해 놈을 쫓으면……."

"아니, 그렇게까지 할 필요는 없네."

라젠드라는 손을 내저었다. 기묘한 사자를 쫓아내 아르슬란에 대한 의리는 지켰다.

'기왕 씨가 뿌려졌으니 재미난 기술이라도 좀 보여주

고 싶은데.'

 라젠드라는 생각했다. 파르스, 미스르, 그리고 튀르크. 어느 나라와 손을 잡고 어느 나라와 싸울지, 이것저것 기교를 부릴 즐거움이 생겨난 셈이다. 오늘은 미스르와의 관계가 파국에 이른 것처럼 보이지만, 그렇다고 미스르가 갑자기 대선단을 동원해 해상에서 공격을 퍼부을 것 같지도 않으니 회복의 여지는 얼마든지 있다. 오늘은 고맙게 선물을 받아두기로 하자.

"아, 그리고 프라자 장군."

"예, 폐하. 무슨 일이시옵니까."

"침입자를 놓쳤으니 그대는 벌금으로 금화 500닢을 내도록."

"관대하신 처분에 몸 둘 바를 모르겠나이다."

 프라자 장군은 깊이 고개를 조아렸다. 투옥이나 강등을 당해도 할 말이 없는 상황이었다. 벌금 정도로 넘어가준다면 고마운 일이다.

 게다가 라젠드라는 미스르 사자와 싸우다 목숨을 잃은 병사들을 후하게 장사 지내고 유족에게는 위로금을 지급하도록 명령했다. 이런 데에 인색해서는 안 된다. 병사들의 인망이야말로 왕에게는 최대의 보물임을 라젠드라는 아르슬란에게서 배웠다.

V

 튀르크 왕국의 수도 헤라트는 튀르크 내에서 가장 넓고 비옥한 계곡에 있다. 사방은 만년설과 빙하를 품은 산에 에워싸였으며 여섯 개의 고갯길과 한 개의 수로로 외부와 이어져 있다. 이 일곱 통로를 소수의 병력으로 다져놓으면 외적은 도저히 침공할 수 없으며, 계곡 전체가 난공불락의 요새로 변해 10년은 버틸 수 있다고 한다.

 맑게 갠 날 전해지는 먼 천둥소리와도 같은 진동은 산 어디선가 눈사태가 일어나기 때문이다. 아침이면 서쪽 산자락이 아침 햇살을 받아 장밋빛으로 반짝이고, 저녁이면 동쪽 산들이 저녁 햇살을 받아 보라색으로 물들어 주민들은 '천상의 도시와도 같다'고 자랑했다.

 왕궁은 헤라트 시가를 한눈에 내려다볼 수 있는 약간 북쪽의 고지대에 있다. 경사를 따라 지어진 석조 건물이 층을 거듭해, 그것이 무려 16층에 이른다.

 '헤라트의 계단궁전'이라 불리는 건물이다. 최상층은 공중정원으로 관목과 잔디, 풀꽃이 있고 날개 일부가 잘린 공작들이 돌아다니며 연못에는 다양한 색깔의 담수어가 헤엄을 친다. 그런 정원 한쪽에 커다란 수정 창문을 가진 건물이 있다. 국왕의 서재였다.

튀르크 국왕 카르하나는 이미 50대 중반이며 검푸르고 야윈 얼굴에 뾰족한 코와 가느다란 두 눈, 시커먼 턱수염, 그리고 엄청난 장신을 가졌다. 기이한 인상이라 해도 과언이 아니었다. 원래는 일개 장수였지만 선선대 국왕의 장녀를 아내로 맞으면서 재상에서 부왕을 거쳐 즉위했다.

카르하나 앞에는 객인이 있었다. 나이는 30대 전후로 보였다. 균형이 잡힌 장신에는 역전의 전사와도 같은 박력과 품격이 있었다. 얼굴도 단아했지만 오른쪽 절반을 얇은 천으로 가려놓았다. 그 사내는 나무랄 데 없는 예의를 갖추어 카르하나에게 인사했다.

"폐하의 은혜로 말미암아 무사히 아내의 장례를 치를 수 있었사옵니다. 미력한 몸으로서 온정에 무어라 감사의 말씀을 드려야 좋을지 모르겠나이다."

카르하나는 느긋한 미소를 지으며 슬쩍 손을 들었다.

"아닐세. 짐이 오늘날 이렇게 살아있는 것도 그대의 무용과 기략에 힘입은 덕이거늘. 부인은 애석하게 되었네만 부디 낙심하지 말게나."

이번에는 사내도 말없이 고개만을 숙였다. 천에 가려진 왼쪽 눈이 멀리 만년설로 뒤덮인 능선을 바라본다. 황혼 무렵이라 기울어진 해가 보라색 그림자를 산릉에 드리우고 있었다. 사내는 산 한 곳에 젊어서 병사한 아내의 시신을 안치했다. 아내의 배 속에 있었을 자신의 아이와 함께. 카르하나 왕은 그 사정을 알고 있었다. 그는 객인에게 의자를 권하고, 사내가 그곳에 앉자 화제를 바꾸었다.

"우리나라에서는 조용히 지내고 있지만 가슴속에 타오르는 불길이 꺼진 것은 아닐 걸세, 히르메스 경."

"예."

이름을 불린 사내는 짧게 대답했을 뿐 카르하나 왕의 말에 자신의 의견을 덧붙이려 하지는 않았다. 카르하나는 열기를 담아 다시 말했다.

"자네는 이제 막 30대가 되었을 뿐일세. 세상을 버리고 떠나기에는 너무 이르지 않겠나. 부인도 자네가 세상을 등지고 은자가 되기를 바라지는 않을 걸세. 마음을 정리한다면 짐의 객장으로 있어주지 않겠나?"

히르메스는 세 번째로 고개를 숙였다.

"황송하옵니다. 소인은 다행히 폐하의 후의에 힘입어 이곳에서 날개를 쉴 수 있었사옵니다. 미력하나마 맡은 바 소임을 다하겠나이다."

히르메스는 미소를 지었으나, 여기에는 자조로도 탄식으로도 받아들일 수 있는 감정이 묻어났다.

"아내가 건재했다면 마르얌 왕국의 연고지를 회복하기 위해 싸운다는 명분도 생겼겠지만, 이제는 부질없는 짓이겠지요."

"그렇지. 마르얌은 먼 나라이니 자세한 내막은 모르네만, 지배자인 루시타니아인들끼리 전쟁이 벌어져 한참 피바다가 펼쳐지고 있다던가. 손을 내밀어봤자 썩은 냄새만 묻어날 걸세."

냉소와 함께 카르하나는 그렇게 평했다. 히르메스는 다른 화제를 꺼냈다.

"얼마 전에 카라 테긴 방향으로 출병하셨다고 들었사옵니다. 파르스와 신두라 양국의 병세를 보기에는 좋은 시도였다고 생각하오나, 어떻게 보셨는지요?"

"파르스는 제법 강하더군. 쉽사리 침략할 수는 없을 걸세. 그렇다면 북쪽으로 나가 약해진 투란을 공격할지, 남쪽으로 나가 신두라를 칠지 둘 중 하나인데……."

튀르크 국왕 카르하나는 생각에 잠긴 눈치였지만 히르메스의 냉정한 시선에 이윽고 입을 열었다.

"어쨌거나 이런 산골짜기 속에만 있다가는 대륙 전체의 추세를 따라가지 못할 걸세. 향후의 발전도 바랄 수 없겠지. 짐이 살아 있을 동안 튀르크의 백년대계를 기초만이라도 세워두고 싶네."

수정 창문 너머로 저녁놀이 밀려들어 주인과 객인의 그림자를 돌바닥에 길게 드리웠다. 고지인 탓에 일찌감치 한밤의 냉기가 밀려드는 것 같았지만 카르하나 왕의 목소리는 열기를 띠고 있었다.

"우리 나라는 바다가 멀지만 신두라 방면으로 남하해 카베리 강의 자유항행권을 얻을 수 있다면 직통로를 손에 넣게 되지."

"신두라 라자에게 대화로 이를 요구하실 수는 없겠습니까?"

"그대는 신두라 라자 라젠드라라는 자를 모르는가? 동화를 누렇게 칠해 금화라고 내놓을 만한 몹쓸 놈일세. 항행권을 주지 않겠느냐고 예를 갖춰 청했다간 위압적으로 무엇을 요구할지 알 수 없네."

"파르스 샤오 아르슬란은 왜 그러한 자를 신용하고 맹약을 맺었을까요."

"파르스 샤오가 착해빠진 인간이기 때문일세."

내뱉듯 단언한 다음 카르하나는 표정을 바꾸고 자신의 말을 부정했다.

"……라고 세간에서는 평가하겠지만, 그저 착해빠진 인간이라면 왕조를 세울 수도 없었겠지. 부하들을 잘 다루며 병사들의 신망도 두텁다고 하더군. 가볍게 보다가는 뜨거운 꼴을 당할 걸세. 루시타니아처럼."

"예."

대답한 히르메스의 목소리를 카르하나는 주의 깊게 들었다. 목소리에 아주 살짝 쓸쓸함이 묻어나는 것도 같았지만 확실치는 않았다.

"나는 자네가 무척 든든하네, 히르메스 경."

카르하나는 객장의 손을 잡을 듯 열의를 담아 말했다.

"이 일이 이루어진다면 결코 자네를 소홀히 대하지 않을 걸세. 왕족으로서 대우할 것을 약속하고, 그대에게 독자적인 뜻이 있다면 전력을 다해 돕겠네."

"……황송하옵니다."

"그러면 오늘은 그만 들어가 쉬게나. 피곤할 테니. 자세한 이야기는 내일 다시 정식으로 나누세."

카르하나 왕의 어전에서 물러난 히르메스는 묵묵히 공중정원을 걸어갔다. 하늘은 급속도로 어둠색을 더해갔으며, 왕궁에서 일하는 노예들이 정원 곳곳에 불을 밝히기 시작했다. 산양 기름에 향료를 섞은 등불 냄새에도 이제는 익숙해졌다.

'어차피 나는 적장으로서 파르스에 돌아갈 수밖에 없겠지. 운명이라는 것의 소도구가 되기는 싫지만, 한동안은 이대로 걸어가볼까.'

가슴속으로 중얼거리며 파르스 구 왕가의 마지막 생존자는 계단으로 걸어갔다.

제4장 왕도의 가을

I

 '해방왕의 재판'이라고 하면 후세의 파르스에서는 '공정한 재판'을 뜻하는 말이 되었다. 재판은 보통 총독 단계에서 끝나지만 이따금 성가신 공소가 국왕의 법정에까지 올라오는 경우가 있다. 왕태자 시절 아르슬란은 항구도시 길란에서 다소 재판 경험을 쌓은 적이 있다.
 아르슬란은 세상 물정을 파악하고 이를 정사에 살리기 위해 매우 노력했다. 신분이 낮은 사람들의 대표를 왕궁에 초빙해 이야기를 들었다. 이때는 특수한 직조법으로 짠 발을 사이에 두어 사람들에게 자신의 얼굴이 보이지 않도록 했다. 이것은 딱히 젠체하기 위해서는 아니었다. 아르슬란은 이따금 엘람이나 자스완트를 대동하고 왕궁 밖으로 몰래 나가 자신의 눈으로 시정 조사를 하기도 했으므로, 가까운 곳에서 얼굴이 알려져선 곤란할 수도 있기 때문이다.

재상 루샨 같은 이는 입장 때문에라도 아르슬란의 이러한 '외출'을 별로 좋게 생각하지 않았다. 샤오에게 생각지 못한 해라도 생겼다간 큰일이 아니겠는가. 지당한 염려이기는 했지만 부재상 나르사스는 그리 걱정하지 않았다.

"뭐, 그건 폐하의 유일한 도락이니까. 엘람이나 자스완트도 있으니 별일은 없겠지."

"그렇고말고. 나르사스의 도락과는 달리 남에게 피해를 주는 일도 없지."

"그게 무슨 뜻이지, 다륜?"

"아니, 내가 그렇게 알아듣기 힘든 말을 했나?"

"알아듣기 힘든 건 아니지만 마음에도 없는 말이라고 생각해서."

"진심에서 우러나온 말이었네만."

아무튼 아르슬란 왕의 외출은 계속되었다. 민중은 '신분을 숨긴 임금님 혹은 왕자님'이란 것을 어째서인지 매우 좋아한다. 파르스의 음유시인들도 성현왕 잠시드나 영웅왕 카이 호스로가 재위 중에 몰래 외출을 했다는 전설을 곧잘 읊곤 한다. 잠시드 왕은 신처럼 현명한 재판관이어서 '잠시드의 거울을 보라'라는 말은 '정의와 진실은 반드시 밝혀진다'는 뜻이며, 파르스에서는 재판할 때 반드시 이 말이 쓰이곤 했다.

그런데 '해방왕'이라는 아르슬란의 별명은 즉위 직후부터 누가 먼저라고 할 것도 없이 쓰이게 되었는데, 너무 위대해 보이는 호칭인지라 아르슬란은 태연히 받아들일 수가 없었다.

"폐하는 루시타니아군으로부터 국토를 해방하셨으며 굴람 제도를 폐지하셨나이다. 이 두 가지만으로도 해방왕이라 불리기에는 충분하옵니다."

다륜 같은 이는 이렇게 역설했지만 아르슬란은 아무래도 멋쩍었다. 성현왕이나 영웅왕도 그렇게 불려 멋쩍지 않았을까 하는 생각이 들었다. 물론 이 두 왕은 그 이름에 어울리는 실력과 업적이 있었지만. 그들과 나란히 그렇게 불리면 아르슬란에게는 너무 거창하다는 생각밖에 들지 않았다.

아무튼 그해 가을, 서쪽에서는 미스르를 격퇴하고 동쪽에서는 튀르크를 물리치기는 했지만 손에 넣은 것이라고는 다소의 유기물자뿐이었다. 영토 한 발짝, 금화 한 닢 얻지 못했다. 이겼다고 좋아하기만 할 때가 아닌 것이다.

"튀르크의 침공은 소규모였지만 아무래도 뿌리는 깊은 것 같아. 주의를 기울여야겠어."

다륜이나 키슈바드의 말에 나르사스는 조사를 추진했다.

나르사스는 미스르와 튀르크가 공모해 거의 동시에 전쟁을 일으켰다고는 생각하지 않았다. 두 나라는 서로 너무 멀어 밀접하게 연락을 주고받기가 매우 어렵다. 파르스가 약해진다면 함께 이익을 얻을 수는 있겠지만 공통된 목적으로 삼기에는 너무나도 추상적이다.

어쩌다 보니 각자 행동을 일으켰다고 보아야 할 것이다. '어쩌다 보니'라는 점이 사실 나르사스에게는 심각했다.

신두라는 유일한 동맹국이지만 상대는 다른 사람도 아닌 라젠드라 왕이다. 파르스의 정세가 불리해지기라도 하면 낯빛 하나 바꾸지 않고 손바닥을 뒤집을 것이다. 그렇게 놓아둘 수는 없다. 적어도 '뒤집고 싶으면 마음대로 하시지요'라고 말할 수 있을 정도의 태세를 이쪽에서 갖추기 전까지는.

카라 테긴 전투에서 파르스군은 튀르크의 고라브 장군을 포로로 삼았다. 왕도 엑바타나까지 연행해 감금하는 한편 이것저것 심문을 해보았지만 그리 뾰족한 성과는 얻지 못했다. 단 한 가지를 제외한다면. 그 한 가지 때문에 나르사스는 깊은 생각에 잠겨 있었다.

 파르스가 전쟁 혹은 외교상대로 삼아야 할 나라는 다섯이다. 신두라, 튀르크, 투란, 미스르, 그리고 마르얌. 이 중에서 투란은 3년 전의 궤멸 상태에서 아직 회복하지 못했다. '광전사'라는 별명을 가진 카간(국왕) 일테리시의 생사가 불명확한 점도 마음에 걸렸다. 마르얌에서는 나르사스의 기대대로 기스카르와 보댕의 항쟁이 이어지고 있다. 신두라는 앞서 말한 대로. 나머지 두 나라, 튀르크와 미스르를 주의해야 한다. 무엇보다도 이 두 나라는 파르스력 320년부터 이듬해에 걸친 열국의 쟁패전에 가담하지 않았으며, 그만큼 국력을 남겨두었을 것이다.

 나르사스의 가르침을 받으며 문득 아르슬란은 타인의 운명을 생각해본 적이 있다.

 '히르메스 왕자는 어디서 무엇을 하고 있을까.'

 아르슬란은 예언자도 천리안도 아니다. 마르얌 왕녀 이리나 공주와 함께 파르스를 떠난 히르메스가 지금은 튀르크에 있으며, 객장으로서 다시 파르스 주변의 공략에 나서려 한다는 사실을 알 리 만무했다. 히르메스 경이 파르스에 돌아온다면 왕족으로서 대우를 해주자고 아르슬란은 생각했다. 그러나 과거의 경위를 모두 버리고 히르메스가 어슬렁어슬렁 귀국할 수 있을 리 없다. 그 정도는 '착해빠진' 아르슬란도 잘 안다. 선의와 호의만으로 세상을 다스릴 수는 없으며 나라를 지킬 수도 없다.

 그래도 아르슬란 자신은 융화의 자세를 무너뜨리지 않았다. 그는 안드라고라스의 뒤를 이어 파르스의 통치자가 된 것이다. 무력에 치우쳤던 안드라고라스 왕과는 다른 방법으로 파르스를 통치해나가려 했다.

 안드라고라스만의 잘못은 아니다. 300년에 걸친 구왕가의 통치가 모순이나 불공정을 축적해 오도 가도 못하게 되었을 때 루시타니아군이 쳐들어왔다. 폭풍이 노쇠한 나무들을 휩쓸어버리듯 루시타니아는 파르스의 낡은 질서를 파괴했다. 파괴 후의 재건. 그것이 아르슬란이 할 일이었다.

 어느 날, 조사 보고서를 정리하며 나르사스가 다륜에게 말했다.

 "들었나? 히르메스 왕자가 미스르 국왕의 진영에 있고 파르스와의 전쟁을 주도한다는 소문인데."

 "참인가?"

 "소문이야. 하지만 한 사람 입에서 나온 소문은 아니지. 외국인이 미스르 국왕 곁에 있다는 이야기는 작년쯤부터 들려왔어."

다륜은 살짝 고개를 갸웃했다.

"그 사람은 파르스의 왕위를 포기하고 국외로 떠났을 텐데."

"영원히 단념했으리라고 단언할 수는 없지."

나르사스는 살짝 미간을 찡그리며 자신의 생각을 덧붙이듯 말했다.

"게다가 본인이 단념했더라도 주위에서 부추길지도 몰라. 아무튼 그분이 구 왕가의 혈통인 건 사실이니, 그 사실을 정치적으로 이용하려는 자는 얼마든지 있을걸."

"그건 그렇지만, 히르메스 왕자라는 이름이 소문에 오른 근거는 무엇인가?"

"뺨의 흉터."

나르사스는 손가락으로 오른쪽 뺨에 선을 그어보였다. 히르메스 왕자, 나르사스, 다륜 세 사람에게는 저마다 각각 악연이 있다. 다륜에게 히르메스 왕자는 백부 바흐리즈의 원수인 것이다. 흑의기사도 팔짱을 끼고 생각에 잠겼다.

Ⅱ

"그런데 여기 또 한 가지, 재미있는 보고가 있어."

나르사스가 책상 위의 서류를 들어올렸다. 표지는 양

피지였으며 안쪽은 세리카의 종이였다.

"튀르크에서 온 손님 말인데."

나르사스가 지칭한 인물은 카라 테긴에서 포로가 된 고라브 장군이었다. 장군의 입에 채워진 보이지 않는 자물쇠를 따기 위해 나르사스는 지극히 고전적인 수단을 취했다. 미녀와 값진 술에 고라브 장군의 적개심은 햇살 속의 살얼음처럼 녹아버렸던 것이다.

"튀르크 국왕 카르하나의 궁전에, 얼굴 오른쪽 절반을 천으로 덮은 외국인이 손님으로 체류하고 있다더군. 처음 찾아왔을 때는 여자와 함께 있었다고 해."

나르사스는 그 외국인이 매우 용감하고 무략이 뛰어나 카르하나 왕의 두터운 신뢰를 얻었다는 말을 덧붙였다.

"이제 은가면은 착용하지 않으시는 모양이지. 공기도 잘 안 통했을 테니."

"미스르의 소문과 모순되는 이야기가 아닌가."

"히르메스 왕자님이 걸출한 인재이긴 하지만 날개를 가지셨다는 말은 못 들었거든. 같은 시기에 미스르와 튀르크 두 나라에 존재하기란 불가능해."

"어느 한 쪽이 가짜일까?"

"어쩌면 양쪽 다일지도."

나르사스는 유쾌하게 말했다. 지금의 상황을 즐기는 것만이 아니라 보아하니 적대세력을 가지고 놀 만한 책략을 생각해낸 모양이다. 다륜은 그렇게 짐작했다.

"두 히르메스 왕자를 서로 물어뜯게 하려는 겐가, 나르사스?"

"오오, 나의 악우惡友여."

궁정화가는 즐겁게 웃었다.

"자네는 정말 매사를 잘 간파하는 사내로군. 그렇게 좋은 눈을 가졌으면서도 예술에 관해서만은 좋고 나쁨을 전혀 분간하지 못하다니 어떻게 된 노릇인가."

"돌아가신 백부님의 가르침 덕이지. 맛없는 식사와 서툰 그림을 접하면 감수성이 무뎌지니 다가가선 안 된다고 들었을 뿐이야."

"그래서 히르메스 왕자님 말이네만."

나르사스는 불리해져 가는 설전을 약간 억지로 중단시켰다.

"고라브 장군에게 용도가 생겼어. 그 손님은 튀르크로 돌려보낼 걸세."

"그래도 괜찮겠나? 송환은 누구에게 맡기려 하나?"

"이 나르사스와 함께 파르스의 예술을 짊어질 사나이지."

"……본인은 뭐라고 할지 듣고 싶군."

"적임자 아닌가?"

"이의는 없네."

이리하여 고라브 장군을 튀르크로 송환할 사자로 감찰관 기이브가 선발되었다. 카라 테긴에서 튀르크군과 싸웠을 때 그는 튀르크에도 미인이 있을지 어떨지를 궁금해했으니 이 사명은 바라던 바일지도 모른다. 기이브는 300명의 병사를 통솔하게 되었으며, 그를 보좌할 부사자로는 자스완트와 엘람이 뽑혔다. 엘람을 선택한 이유는 이국의 지리를 봐두고 오라는 나르사스의 배려였다. 자스완트는 존재 자체로 신두라와 파르스의 동맹관계를 튀르크에게 보여주겠다는 정략적 의미가 있었다. 물론 기이브가 하룻밤의 사랑에 빠지기라도 한다면 300명의 병사를 통솔할 실무는 자스완트의 어깨에 얹히게 될 것이다.

"모두들 무사히 돌아와 튀르크가 어떤 나라였는지 들려주게."

여행을 좋아하지만 옥좌에서는 마음대로 할 수 없는 아르슬란이었다. 내심 엘람이 부러웠다. 젊은 샤오가 세 사자에게 전별의 말을 건네자 기이브가 의미심장하게 대답했다.

"맡겨만 주십시오. 온 튀르크를 구석구석 잘 살피면서 폐하를 위해 멋진 여자를 찾아보겠습니다."

조정 신하 일부에서 나직한 술렁임이 일어났다. 사실 샤오 어전에서 들먹이기에는 불건전한 농담이었다. 그러나 싸움과 농담에 잘 단련된 젊은 샤오는 활달하게 웃으며 대꾸했다.

"그거 기대되는군. 어차피 튀르크 최고의 미녀는 기이브가 차지할 테니 나는 두 번째면 족하네."

이 말에는 애꾸눈 쿠바드를 비롯한 뭇 장수들마저도 폭소를 터뜨려, 파르스 최고의 호색한은 그저 황송하다는 말과 함께 물러날 수밖에 없었다.

일행이 출발할 날짜를 11월 20일로 정하고 아르슬란은 알현실을 나와 자신의 방으로 돌아갔다. 서재와 담화실을 겸한 이 방은 왕태자 시절부터 썼던 곳으로, 두터운 융단 위에 자수가 들어간 여러 개의 쿠션과 함께 세리카의 흑단 책상, 천구본, 세밀화, 쟁반 같은 것이 있었다. 지내기 편한 방이 대부분 그렇듯 안뜰의 분수를 내려다볼 수 있는 이 방도 적당히 어질러져 있었다. 쿠션 하나에 앉은 아르슬란은 무언가 생각에 잠긴 것 같았으나, 곧 문이 열리고 엘람이 얼굴을 드러냈다.

"마실 것을 가져다 드릴까요, 폐하?"

"고맙지만 엘람도 그렇게 여유가 있는 건 아닐 텐데. 여행 준비는 괜찮아?"

"심려치 마십시오. 폐하께 마실 것을 가져다드릴 정도의 시간은 있습니다."

엘람의 손에는 이미 은제 주전자가 있었다. 고개를 끄

덕인 아르슬란은 따뜻한 녹차 한 잔을 받기로 했다. 녹차의 김을 턱에 쪼이며 생각났다는 듯 젊은 샤오가 입을 열었다.

"기이브 경의 농담을 조정 신하들은 어떻게 생각했을까."

"재상 루샨 경은 못 말리겠다는 표정이셨습니다."

"루샨은 그렇겠지. 그는 매일 나더러 신부를 맞으라고 말하니까. 내가 일찌감치 결혼하면 살아가는 보람이 없어져버리진 않을까?"

"안심하고 은퇴하시겠지요. 그리고 뒷일은 나르사스 님께. 그렇게 되지 않겠습니까?"

엘람은 나르사스에게 들은 말이 있었다.

『샤오의 결혼은 정치상 매우 중요한 일이다. 좋고 싫음만으로는 어떻게도 안 되는 거야. 기왕 정략결혼을 할 거라면 선왕폐하의 따님과 한다는 선택도 있지.』

안드라고라스 왕과 타흐미네 왕비 사이에서 태어난 여자아이가 결혼을 해 자식을 낳고, 또한 그 아이가 사내아이라면 왕위를 계승할 자격이 있다. 그리고 그 아이의 아버지가 아르슬란이라면 신구 양대 왕조는 확실하게 핏줄로 묶이게 된다. 나르사스 본인은 '정통한 핏줄'이란 것을 어리석게 여기지만 정치적으로 무의미하지는 않다는 점은 잘 안다. 서로 증오하고 다투던 두 왕가가 혼인으로 융화했다는 사례는 여러 나라에 존재했다.

 이때 나르사스와 다륜도 왕궁의 복도를 걸으며 그 건에 관해 나직한 목소리로 이야기를 나누고 있었다. 그들 또한 기이브의 농담에서 의미를 찾아냈던 것이다. 다륜이 말했다.

 "내 생각에 말일세, 나르사스. 아르슬란 폐하의 마음에는 이미 누군가가 살고 있는 게 아닐까 하네."

 "루시타니아의 수습기사 말인가?"

 나르사스가 아무렇지도 않게 대답하자 다륜은 쓴웃음을 지었다.

 "뭔가, 자네는 알고 있었나?"

 루시타니아의 수습기사 에투알, 즉 아르슬란과 동갑인 소녀 에스텔을 말하는 것이었다. 산 마누엘 성 공방전 당시 왕태자였던 아르슬란은 그녀와 만나 잊기 힘든 인상을 받은 듯했다. 에스텔은 루시타니아 국왕 이노켄티스 7세의 시신을 지키며 고국으로 떠나갔다. 그로부터 3년. 그동안 아르슬란이 에스텔에 대해 입 밖에 낸 적은 한 번도 없었다. 마음속에 담아둔 것이 아닐까 다륜은 염려했으나 나르사스의 의견은 조금 달랐다.

 "그건 사랑이라고 부르기 이전의 것일세. 홍역이나 마찬가지야."

 "그럴까?"

"그게 결혼으로 이어졌다면 기이브 같은 친구는 1년에 500번은 결혼식을 올려야 할걸."

"예시가 너무 극단적이잖나."

"예시란 건 극단적일수록 알기 쉽거든."

나르사스와 다륜은 샤오의 방 앞에서 발을 멈추고 당직 장수인 투스에게 내방하겠다는 뜻을 밝혔다. 말없는 철쇄술의 달인은 예의 바르게, 역시 말없이 문 앞에서 물러나 두 사람을 안으로 들여보내주었다.

"오, 파르스 최고의 음모가 두 사람이 나란히 납셨군. 오늘 밤에는 무슨 일을 꾸미고 계신가."

아르슬란은 친근하게 용장과 지장을 맞아주었다. 엘람을 포함해 이들 네 사람은 과거 바슈르 산의 산장에서 파르스 재흥 계획을 논의하던 동지였다. 제1차 아트로파테네 회전 직후의 일이었다. 이미 4년 전의 이야기였다.

엘람이 따뜻한 녹차와 설탕과자를 마련했다. 이 방에서 나누는 담화는 아르슬란에게는 비공식적인 중대한 회의가 되는 것이다.

"그 후로 정말 많은 일이 있었지."

회상하는 아르슬란의 목소리에 나르사스가 대답했다.

"그렇습니다. 많은 일이 있었지요. 앞으로도 계속 많은 일이 있을 겁니다."

"적어도 지루하지는 않겠어."

아르슬란은 웃었다. 자신을 불행하다고 생각하지는 않았다. 좋은 벗들이 있고, 재미있는 인생이 아닌가 생각했다. 강요받은 운명이라 여기고 싶지는 않았다. 이를 넘어서는 즐거움을 받았다고 여기고 싶었다. 시정에서 평범한 일생을 무탈하게 보내고 싶었다는 생각도 들지만 자신의 정치로 세상이 변혁되고 시정의 평범한 사람들에게 무탈한 생활을 보장해줄 수 있다는 것은 기쁜 일이 아니겠는가.

즉위하고 3년 동안은 평온했다—— 즉위 전의 1년 동안에 비하면 말이다. 몇 가지 정치적인 사건이 있었다. 기억에 남은 온갖 재판, 기록에 남지 않은 온갖 음모와 범죄, 아슬아슬하게 막아낸 반란. 그러한 것들에 관련해 흐른 소문. 만들어진 전설. 아르슬란과 십육익장의 온갖 이야기가 태어나고 있었다.

카샨의 성주였던 후다이르 경의 딸에 얽힌 괴사건, 다륜을 찾아 아득히 먼 곳에서 왔던 세리카의 여행상인, 신기루처럼 사막 한복판에 도사린 '청동도시'의 기이한 이야기, 기억을 잃은 길란의 부호에 얽힌 범죄, 루시타니아군이 왕도를 점령했던 시절에 발단을 둔 처참한 복수극, 라젠드라 2세의 초대를 받아 아르슬란이 신두라를 방문했을 때 맞닥뜨렸던 밀림에서의 사건, 파르스의 해안에 떠내려온 나바타이 국의 난파선을 둘러싼 사건…… 거론하자면 한이 없었다.

경사스러운 일도 많았다. 몇몇 결혼과 탄생. 특히 키슈바드 경의 결혼과 사내아이 출생은 아르슬란을 기쁘게 했다.

키슈바드는 에란 취임 후 아내를 맞았다. 상대는 제1차 아트로파테네 회전 때 전사했던 마르즈반 마누세르흐의 딸로, 파르스에서도 손꼽히는 명문끼리 맺어진 셈이었다. 신부의 이름은 나스린이라고 하며 할머니는 마르얌인이었다. 눈에 확 뜨이는 미녀는 아니지만 루시타니아의 침략, 아버지의 죽음과 같은 역경 속에서도 국내를 전전하며 병든 어머니와 어린 동생들을 지켜내고 마침내 왕도 탈환의 날을 맞았다. 키슈바드는 그 용기와 사려가 마음에 들었다고 한다. 사내아이가 태어나자 아르슬란이 이름을 지어주게 되어 '아이야르'라 명명했다. '의협심 있는 용사'라는 뜻이었다.

한편 제1차 아트로파테네 회전에 참가했던 8명의 마르즈반 중 마누세르흐와 하이르 두 사람은 전사했다는 증언이 나왔다. 쿠르프와 크샤에타는 오늘날까지 시신이 발견되지 않아 행방불명이지만 전사했음에는 의심할 여지가 없었다. 샤푸르와 칼란은 회전 후에 각각 다른 곳에서 다른 죽음을 맞았다. 다륜과 쿠바드 두 명은 살아남아 샤오 아르슬란의 조정에 있다. 아트로파테네에 참가하지 않았던 4명 중 가르샤스흐, 삼, 바흐만 세 사람은 비업의 최후를 맞았으며 살아남은 키슈바드가 아르슬란 밑에서 에란에 취임했다. 과거 파르스 최강의 장수라 불리던 자들에게 천상의 신들은 다양한 운명을 나누어준 셈이다.

즉위 후 아르슬란은 아트로파테네 평야에 비석을 세워 죽은 이들의 영을 달랬다. 비석의 문면은 나르사스가 작성했다. 죽은 이를 칭송한 후 나르사스는 마지막으로 다음과 같이 적는 것을 잊지 않았다.

『아트로파테네의 패전은 오랫동안 남겨야 할 교훈이었다. 군대가 강하다 자만하고 전쟁으로 모든 것을 해결하려는 어리석은 자는 아트로파테네에서 흘린 피를 생각하라.』

그렇다고는 해도 나르사스는 무력 그자체를 부정하는 것은 아니었다. '최소한의 무력으로 최대한의 효과를'. 그것이 현실에 대한 나르사스의 자세였다.

이날 비공식회의에서 처음 거론된 화제는 히르메스 왕자에 대해서였다. 미스르와 튀르크, 동서 두 나라에 출현했다는 그를 방치해둘 수는 없었다.

"그래서 어느 히르메스 왕자가 진짜인가?"

그렇게 질문한 후 아르슬란은 스스로 해답을 냈다. 나르사스는 기이브를 비롯한 세 사람을 튀르크에 보내기로 했으며 미스르 쪽은 당분간 방치해두고 있었다. 튀르크 쪽을 중요시했다는 뜻이다. 감만으로 판단하는 것은 나르사스의 방식이 아니다. 그는 미스르에서 온 소문보다도 튀르크의 고라브 장군에게 얻은 증언을 중시했던 것이다. 나르사스가 보기에 미스르에서 온 소문에는 약간 유언비어 공작의 냄새가 섞여 있었다.

"그렇다면 미스르에 있다는 히르메스 왕자의 정체는 무엇인가?"

"이보게, 다륜. 자네는 파르스 최고의 용사일세. 날개 없는 자들 중에서는 말이지. 그러면 날개를 가진 이들 중 파르스 최고의 용자는……?"

나르사스의 시선이 창문 쪽으로 향했다. 그곳의 횃대에서는 날개를 가진 용사가 득의양양하게 가슴을 폈다. '아즈라일'이었다.

"아즈라일이 어쨌다는 겐가."

다륜의 물음도 지당했다. 나르사스의 화법이 지나치게 간접적이었기 때문이다.

"아즈라일의 발톱에 오른쪽 뺨이 도려져나가 상처를 입은 사내가 있지 않았나."

"그렇구나, 생각이 났네. 길란 항구에서 만났던 그자였군."

다륜이 무릎을 치고 나르사스는 말없이 고개를 끄덕

였다. 길란 항구에 있던 자. 그것은 나르사스의 옛 친구로, 이름은 샤가드라 했다. 한때는 나르사스와 함께 국정 개혁의 이상을 논했던 사이였다. 그러나 언제부터인가 변심해 해적과 손을 잡고 인신매매를 저질렀으며 부정한 재산을 축적하고 있었다. 아르슬란 습격에 실패해 아즈라일의 발톱에 오른쪽 뺨이 도려져나가 사로잡혔다. 사형에 처해도 불만이 없었겠지만 아르슬란은 그의 목숨을 거두지 않고 1년간 노예로 고생하도록 명령했던 것이다. 분명 샤가드라면 얼굴의 상처도 그렇고, 아르슬란을 증오하는 면도 그렇고 미스르의 사내와 조건이 일치하는 것 같았다.

『훗날을 위해서라 생각하고 바로 죽이지 않는 바람에 의도치 않았던 온갖 화가 생겨났지. 이젠 눈에 거슬린다 싶은 놈들은 그자리에서 처단해버려야겠어.』

과거 루시타니아의 왕제 기스카르 공작은 난국 속에서 그렇게 결심한 적이 있다. 아르슬란을 섬긴 후로 다륜도 때로 그런 생각이 들 때가 있었다. 샤가드도 그때 당장 죽여버렸더라면 외국에서 책모를 굴리지도 못했을 텐데.

그러나 아르슬란이 눈썹 하나 까딱하지 않고 사로잡은 적을 죽여버리는 인물이었다면 다륜이나 나르사스가 고심하며 보좌할 필요도 없었을 것이다.

'장점과 단점은 하나다. 폐하의 단점을 왈가왈부해 장점을 없애버리는 것이 더 두렵다.'

다륜은 그렇게 생각했다. 나르사스는 물론 그 점을 잘 알기에 '샤가드를 죽여버렸다면' 같은 소리는 하지 않았다. 뭐니 뭐니 해도 옛 친구가 아닌가. 동시에 그가 살아서 책동을 하고 있다면 파르스를 위해 이용하고자 하는 냉철함도 있었다.

"그자가 샤가드인지 아닌지 아직 완전히는 모릅니다. 그러나 제 생각에 미스르 국왕은 그자를 히르메스 왕자로 내세우고 진두로 떠밀어 쳐들어올 것입니다. 구 왕가를 부활시켜 파르스를 사실상 미스르의 속국으로 삼는, 그 정도가 미스르의 속셈이 아닐까 합니다."

"하지만 그렇게 되면 진짜 히르메스 왕자가 가만있지 않을 텐데."

아르슬란이 말하자 나르사스는 조금 전 다륜에게 말했던 구상을 샤오에게 설명했다.

"그래서 양측을 서로 물어뜯게 만드는 겁니다. 좀 악랄한 것도 같지만 우리가 손을 쓰지 않더라도 두 히르메스 왕자는 항쟁하지 않을 수 없을 겁니다. 폐하께서는 심려치 마십시오."

히르메스 왕자의 존재는 하나의 열쇠다. 튀르크가 됐든 미스르가 됐든 현재의 파르스를 뒤집기 위해 히르메스 왕자를 이용하려 든다면 반드시 실패할 것이다. 파르스에는 이미 구 왕가의 부활이 필요하지 않았다. 그런데도 튀르크나 미스르가 구 왕가를 부활시켜 파르스에 들이대면 민중의 반감을 살 뿐이다.

현재의 파르스를 뒤집고자 한다면 정책으로 뒤집어야만 한다. 굴람 해방이나 토지개혁, 상업 진흥보다도 뛰어난 정책이 있음을 파르스의 민중에게 알려주고 믿게 만들어야만 한다. 그렇게 하지 않고 그저 왕가의 혈통만을 내세워 파르스를 뒤집기는 무리였다.

"다른 나라들이 그렇게 착각하고 그에 따라 어떻게 공격을 가하든 반드시 실패하도록 만들고 말겠습니다. 염려하실 것 없습니다."

아르슬란은 나르사스의 조용한 자신감을 든든하게 생각했지만 한편으로는 다른 것이 마음에 걸렸다.

"히르메스 왕자 자신은 어떻게 되는 걸까. 역시 왕위를 바랄까?"

다륜과 나르사스는 얼굴을 마주보았다. 아무리 나르사스라 해도 이 시점에서 거기까지는 알 수 없었다. 앞으로의 동향을 본 후가 아니고서는 히르메스의 심정을 정확히 추측하기란 불가능했다.

"어찌 됐든 우리가 그들에게 놀아날 수는 없습니다."

뺨에 흉터가 있다느니, 오른쪽 얼굴을 가렸다느니 하

는 말을 들으면 파르스의 장수들은 당장 히르메스 왕자를 떠올린다. 실제로 히르메스의 얼굴을 자세히 아는 사람은 그리 많지 않다. 오른쪽 얼굴의 화상이 준 인상이 너무나도 강렬했으므로 다른 부분은 기억에 남지 않은 것이다.

감찰관이자 궁정악사인 기이브는 히르메스와 이래저래 인연이 있는 사이였지만 은가면을 뒤집어쓴 모습밖에는 보지 못했으므로 히르메스의 멀쩡한 왼쪽 얼굴을 본다 한들 누구인지는 알아보지 못하리라.

『목소리를 들으면 알아볼 수 있지.』

기이브는 그렇게 말했고, 실제로 그럴 것이다. 악사인 기이브는 청각도 음감도 매우 뛰어나다. 나르사스는 그런 면까지 고려해 튀르크에 보낼 사자로 기이브를 골랐던 것이다. 그가 튀르크에서 어떤 보고를 가져올지, 이에 따라 나르사스의 정략과 무략도 정해질 것이다.

"기이브가 귀국한 다음의 일이군."

일단 그렇게 결론을 짓고 나르사스는 화제를 바꾸었다.

"그러면 왕묘관리관이 보고했던 기괴한 도굴꾼 이야기 말입니다만."

"뭘 노렸던 거지, 그놈은?"

다륜은 고개를 갸웃했다. 아르슬란도 동감이었다. 한밤중에 수상쩍은 소리를 내, 우연이라고는 하지만 기이브에게까지 들키다니 다소 얼빠진 자라는 생각이 들었다.

"진심으로 한 짓이었다면 더 잘했겠지요. 혹시 들키도록 행동했던 건 아닐는지?"

"무엇을 위해?"

되묻기는 했지만 다륜도 답은 금방 알 수 있었다. 모종의 양동인 것이다. 알려지는 것이 목적이었다. 기괴한 사건을 잇달아 일으켜 소문을 퍼뜨리고, 파르스 국내의 인심을 불안에 빠뜨린다. 도전이기도 했다. 왕실의 권위 따위 인정하지 않겠다는 어두운 의도가 느껴졌다.

III

"무언가 대책을 세울 수 있겠나, 나르사스?"

"어쩔 도리도 없지, 지금으로서는."

"상대가 어떻게 나올지 기다릴 텐가?"

"그야 우리가 먼저 움직여서 약점을 가르쳐줄 필요도 없으니."

소란을 떨면 떨수록 상대는 회심의 미소를 지을 것이다. 소란을 일으키는 것이 상대의 목적이니까. 모르는 척하면서 상대가 조바심을 내 팔을 지나치게 길게 뻗었을 때 그 손목을 붙잡아버리면 된다.

"아무튼 묘지를 파헤쳤다니 기분은 언짢군. 왕묘관리

관 필다스를 책망할 필요는 없겠지만 앞으로는 경비를 강화하도록 하겠네. 그러면 되겠나?"

"아주 좋습니다, 폐하."

아르슬란의 판단력이 편향되지 않고 안정적인 것을 나르사스는 기쁘게 생각했다.

나르사스는 젊은 샤오에게 항상 집요할 정도로 못을 박아두었다.

『정의에 취하지 마라, 정의에 눈이 멀어서는 안 된다, 자신의 정의를 남에게 강요하지 말라.』

물론 나르사스는 불공정이나 약자 학대에 대한 소박한 정의감을 부정하는 것은 아니었다. 권력자에게는 자성과 자제가 필요하다는 말이었다. 국왕과 군사는 이런 대화를 나눈 적이 있었다.

"정의는 반드시 승리한다는 사고방식은 힘이 강한 자가 반드시 이긴다는 생각보다도 위험합니다."

"하지만 정의가 이긴다고 믿지 않으면, 어떻게 사람들이 옳은 길을 추구해 행동하려 들겠는가."

"그것은 한 사람 한 사람의 마음에 관한 문제입니다. 현실을 보자면 과거 성현왕 잠시드는 사왕 자하크와 싸워 패하셨지요. 정의, 혹은 선이라는 것이 반드시 승리하는 법은 아니라는 한 가지 예입니다."

나르사스는 다시 냉철한 사실을 아르슬란에게 들려주

었다.

"국왕의 이상에 기꺼이 목숨을 바치려는 민중은 없음을 염두에 두십시오. 국왕이 신이 아니듯 민중은 성자가 아닙니다. 우선 그들에게 이익을 주십시오. 다음으로는 그 이익을 빼앗겨선 안 되겠다는 사실을 이해시키는 겁니다."

아르슬란의 존재가 민중의 이익에 부합한다면 민중의 지지를 얻을 수 있고 파르스는 안정될 것이다. 그러나 여기에도 정도가 있으므로 무턱대고 지나친 이익을 주면 민중을 타락시키는 결과가 될 수 있다. 인간 세상을 다스린다는 것은 참으로 어렵지만, 그것이 또한 왕의 즐거움이기도 할 것이다.

"파르스는 일단 굴람 제도를 폐지하는 데 성공했습니다. 그 이유는 무엇일까요? 굴람 제도 폐지가 정의이고 정의는 반드시 승리해서일까요? 유감스럽게도 그렇지는 않습니다."

루시타니아군이 파르스의 낡은 지배체제를 파괴하고 귀족이니 신관 등 구세력을 쳐부숴주었다. 미스르나 튀르크 같은 주변 국가들은 국내를 다져야 해 간섭할 여유가 없었다. 개혁자인 아르슬란이나 나르사스에게는 얄궂은 행운이었다. 만약 루시타니아의 침공이 없었다면 파르스에서는 안드라고라스 왕의 치세가 이어지고 신관의 특권과 굴람 제도도 유지됐을 것이다.

운이 좋았던 것이다.

물론 운만은 아니었다. 운을 살리기 위해서는 많은 것들이 필요했다. 새로운 정치의 구상. 그것을 실행할 기술. 그리고 그것을 지킬 힘. 그러한 것들이.

아르슬란의 왕권이 급속도로 확립된 이유 중 하나는 군대의 지지가 확고했다는 점에 있었다. 키슈바드, 쿠바드, 그리고 다륜. 선왕의 치세 당시 대륙공로에 용명을 떨쳤던 열두 마르즈반 중 살아남은 세 사람이 새로운 샤오에게 충성을 맹세했다.

이 강대한 무력을 배경으로 아르슬란은 국정 개혁을 추진했다. 굴람 해방이 특히 분란을 일으켰지만 귀족이나 제후의 장원을 해체하고 농민들에게 토지를 분여했으며, 신관의 특권은 거의 폐지되고, 국내의 통행세를 줄여 상업이 발전하도록 힘썼다. 많은 이들이 아르슬란의 개혁으로 이익을 얻을 수 있었다. 이것이 이어지는 한 아르슬란은 지지를 받을 것이다.

물론 굴람 제도를 폐지한 파르스가 안정을 얻는다는 것은 타국에게는 기쁜 일이 아니다. 실제로 미스르와 튀르크가 병사를 움직였다. 앞으로도 파르스를 억누르기 위해 여러 나라가 대동맹을 맺는 일이 있을 수 있다.

"그렇군, 반 파르스 대동맹이라. 생각은 좋지만 실현

하기는 어렵지 않을까? 마음에 둘 정도는 아닐 텐데."

"아니……."

다륜의 말에 나르사스는 고개를 가로저었다. 지장이라기보다는 장난꾸러기 꼬마라 부를 만한 표정이 궁정화가의 얼굴에 떠올랐다.

"오히려 난 반 파르스 대동맹이 생겨주었으면 하는 바람인걸. 생긴다면 그걸 박살 낼 수가 있으니까. 하지만 처음부터 뿔뿔이 흩어져 있으면 부술 도리가 없잖아."

적의 단결을 무너뜨리고 내부붕괴로 몰아넣는 것은 군사 나르사스의 주특기였다. 그는 과거 안드라고라스 왕의 치세 때 신두라, 튀르크, 투란 3개국의 연합군을 혀 하나로 몰아내버린 적이 있었던 것이다.

"그러면 그때를 기대하지."

아르슬란이 말하고, 다륜이 화제를 바꾸었다.

"그로부터 3년이라고 하니 생각이 났사온데, 왕태후 전하의 따님은 아직도 찾질 못한 모양이옵니다."

왕태후란 선왕 안드라고라스의 왕비였던 타흐미네를 말한다. 남편이 죽은 후 출신지인 바다흐샨에 칩거한 채 세상으로 나오려 하질 않았다. 생이별한 딸과 재회하는 것만이 그녀의 바람인 듯했다. 아르슬란은 모후母后를 위해 기후와 풍광이 좋은 땅을 골라 저택을 세우고, 전부터 그녀를 섬기던 여관들을 그곳에 배치해 충분한 연금을 보내주었다. 경축일이 있을 때마다 선물을 보냈으며, 또한 타흐미네의 딸을 찾기 위해 전력을 다했다.

한편 아르슬란 자신의 부모에 대해서는 연고자를 찾고는 있지만 거의 기대는 하지 않았다. 자신은 육친과는 연이 별로 없었던 것이라 생각하고 반쯤 체념했다. 무엇이든 모두 손에 넣을 수는 없는 법이라고 자신을 타일렀다. 오히려 타흐미네의 딸을 찾는 데에서 자신이 육친과 연이 없다는 점을 잊으려 했다. 그런 일면이 있었다.

나르사스가 한마디 하고 싶은 양 아르슬란을 바라보았다.

"왕태후 전하의 따님을 찾아내, 폐하는 어떻게 하시고 싶으십니까?"

"물론 어마마마와 재회시켜드려야지."

"그 후로는?"

"나에게도 형제가 되는 셈이니, 왕족으로 대우하고 언젠가는 행복하게 결혼하도록 할 생각이네만."

"결혼은 어느 분과?"

"너무 앞서 나가는군, 나르사스는."

아르슬란이 어이없어하자 다륜이 쓴웃음과 함께 설명했다. 안드라고라스 왕과 타흐미네 왕비 사이에서 태어난 딸을 아르슬란과 결혼시켜 신구 양대 왕가의 피를 잇자는 나르사스의 구상이 있었음을.

"그런 건 생각도 못해봤네."

아르슬란은 솔직히 놀랐다. 애초에 타흐미네의 딸에 대해 전혀 모르니 무리도 아니다. 나르사스도 이런 생각이 있다는 정도일 뿐 강요할 마음은 없었다. 아르슬란이 그럴 마음이 들었다 한들 상대가 승낙하리라는 보장이 없으며, 또한 상대가 용모는 그렇다 쳐도 성격이 지나치게 나쁘기라도 하면 난감하기 그지없다. 아르슬란도 싫을 테고, 그런 여성을 왕비로 추앙할 국민들에게도 민폐가 된다.

"지금 드린 말씀은 모두 정략에서 온 생각입니다. 하오나 옳은 정략이 옳은 인륜이라는 법은 없습니다."

"인륜이라고 하면?"

"폐하 자신의 뜻이 문제가 됩니다. 좋아하시는 여성이 있으시다면 그분과 맺어지시는 것이 인륜이지요."

"그런 여성은 없네."

"저희도 압니다만 앞으로 어떻게 될지는 모르니까요. 폐하는 정략결혼을 하신 후에 좋아하시는 여성을 애첩으로 삼거나 하실 수 있을 만큼 재주 좋은 분이 아니시잖습니까."

당사자 앞에서 주군을 왈가왈부하다니 세상에 이런 즐거움이 또 어디 있겠느냐는 것이 평소 나르사스의 말이었다.

"오히려 당분간은 독신이신 편이 외교적으로는 바람직할지도 모릅니다. 폐하의 결혼을 여러 나라에 비싸게 팔아치울 수 있거든요."

파르스가 앞으로 더더욱 부강한 대국이 되고, 그 나라의 국왕이 독신이라고 한다면 주변 여러 나라는 어떻게 나올까. 싸워서 승리하지 못할 거라면 화약을 맺자고 생각할 것이다. 이럴 때는 혼인 정책이 가장 좋다. 외국의 뭇 국왕들은 앞을 다투어 아르슬란에게 혼담을 제시할 것이다. 그렇게 되면 파르스 측은 마음대로 골라잡아 어느 나라의 왕녀하고도 결혼을 할 수 있다.

"그렇군. 비싸게 팔리겠는걸."

아르슬란은 쓴웃음을 짓지 않을 수 없었다.

"하지만 그렇게 되면 어려워지겠어. 어차피 누군가 한 사람을 골라야만 하지 않겠나. 그렇다면 다른 나라에서는 당연히 질시를 살 테고, 외교도 힘들어지겠지."

그러자 나르사스는 갑자기 무언가를 깨달았다는 듯 머리를 긁었다.

"폐하, 아무래도 저희는 아직 피지도 않은 꽃의 색을 논하고 있었던 모양이군요. 그만 적당히 해두는 게 좋겠습니다."

새침한 얼굴로 아르슬란이 고개를 끄덕였다.

"그렇겠어. 다룬과 나르사스가 각각 아내를 맞는다면

나도 진지하게 생각해보지. 그게 순서 아니겠나? 그대들은 나보다도 열 살 이상이나 연장자이니 말이야."

계속 침묵을 지키던 엘람이 킥킥 웃음을 터뜨렸다. 다륜과 나르사스는 멋지게 아픈 곳을 찔려 패배를 인정하지 않을 수 없었다.

"아아, 폐하는 왕태자 시절보다도 훨씬 짓궂어지셨군요! 이것도 전부 다륜 녀석이 토해낸 독기 때문이겠지요. 측근은 참으로 진중하게 골라야 하는 법입니다."

"독기 덩어리가 뭐라고 하는 겐가. 자네가 그림을 그리면 꽃도 시들어버린다는 것이 한결같은 평판인데."

"평판을 뿌리고 다니는 건 자네겠지! 예술의 적 같으니."

"아니, 하늘의 목소리일세. 겸허히 듣게나."

파르스를 지탱하는 지장과 용장의 대화라고는 생각할 수 없었다. 아르슬란과 엘람은 너무 웃어 숨이 막힐 지경이었다.

……그러한 대화가 이루어진 후 며칠은 평온하게 지나가 기이브, 엘람, 자스완트 세 사람은 고라브 장군과 300명의 병사를 대동하고 튀르크로 떠났다. 아르슬란은 그들을 성 밖까지 배웅해 무사를 빌었다. 그리고 다시 사흘이 지나, 엑바타나 성 밖의 저수지에서 호상제湖上祭가 열리는 밤이 되었다.

IV

 저수지의 넓이는 동서 1파르상(약 5킬로미터), 남북 반 파르상에 이른다. 지금 그 위에 300척의 배가 떠 각각 등불을 밝혔다. 등불은 유리로 만들었으며 표면에는 색을 칠해놓았다. 어떤 배의 불은 모두 붉은색, 어떤 배의 등불은 푸른색. 노란색, 녹색, 보라색 등 각종 색채가 갖추어져 시커먼 수면에 무수한 보석을 뿌려놓은 것 같았다.

 그러한 등불은 호반에도 늘어서서 노점의 무리를 비춰주고 있었다. 노점의 수는 300에 이르렀으며 3만 명의 손님들에게 온갖 술이며 요리, 과자, 장난감, 장신구 같은 것들을 팔았다. 곡예사, 무희, 점술사, 악사들도 모여 마치 엑바타나 광장의 인파를 물가로 가져온 것 같았다.

 이 축제는 저수지 복구를 기념하는 한편 겨울을 앞두고 수확을 축하하는 두 가지 의미를 겸해 3년 전부터 치러지고 있었다. 전체를 관장하는 것은 축제를 좋아하는 자라반트였다.

 11월도 후반으로 접어들어 물은 차갑다. 걷기도 전에 말 타는 법을 배우는 파르스인들도 물은 꺼려하는 경향이 있다. 그것이 없는 이들은 남쪽의 항구도시 길란 사람들이다. 이번 호상제에는 길란에서 천 명이 넘는 사람들이 샤오의 초대를 받아 올라왔다. 그들은 배를 조종하고, 또한 커다란 뗏목 위에서 가무음곡이며 곡예를 선보여 엑바타나 시민들에게 갈채를 받았다.

아르슬란 정권이 경제면에서 특히 중시한 것이 파르스 남북을 잇는 교통로의 정비였다. 대륙공로의 중추인 엑바타나와 남북 해로의 요지인 길란. 이 두 곳을 단단히 이어 사람과 물자의 왕래를 융성하게 해 상업을 한층 발전시켰던 것이다. 이제까지 다소 소원했던 엑바타나와 길란의 시민들이 같은 곳에서 교감을 나누는 것도 중요한 일이었다.

"시끌벅적하군. 보아하니 다들 즐거워하는 것 같아."

호면을 내려다보는 좌대에서 아르슬란이 말하자 포도주에 기분 좋게 취한 나르사스가 설교 버릇을 드러냈다.

"폭군의 치세에서는 아무도 축하를 하지 않습니다. 폐하께서 좋은 정치를 하셨기에 이러는 거지요."

"명심하겠네. 나르사스나 다륜에게 버림받지 않도록 말이지."

아르슬란이 진지하게 대답했다. 이때 나르사스를 놀린 것은 다륜이었다.

"이를 말씀입니까. 폐하의 정치가 나르사스의 그림처럼 되는 날에는 이 다륜은 어디 산속에라도 틀어박혀버릴 것입니다. 사이비 예술이 국가를 멸망시켰다는 비극을 서적으로 남겨 후세의 교훈으로 삼게 하겠습니다."

뭐라 받아쳐줄까 나르사스가 생각하는 사이에 다시 아르슬란이 말했다.

"기이브가 들떠서 춤을 출 것 같은 밤이야. 튀르크에는 이 축제가 끝난 다음에 보낼 걸 그랬어."

불평하며 겨울 산길을 여행하고 있을 기이브의 모습이 떠올라 일동은 웃음을 터뜨렸다. 겨우 나르사스가 다륜에 대한 반격의 한마디를 떠올려 입을 열려 했을 때, 아르슬란이 손을 내저어 설전을 중지시켰다. 그의 눈은 서른 걸음 정도 떨어진 자리 한구석으로 향했다.

피리 소리가 달빛에 실려 천천히 춤을 추었다.

카히나 파랑기스가 연주하는 수정 피리였다. 속세 사람들은 알 수 없지만 그녀의 주위를 진의 무리가 날아다니며 춤을 추고 있을 것이다. 주위 사람들은 카히나를 방해하려 하지 않고 조용히 숨을 죽였다.

이윽고 피리를 거두더니 파랑기스는 샤오 앞으로 나와 공손히 고개를 숙이고 말했다.

"진들이 입을 모아 말하고 있나이다. 오늘 밤의 즐거움을 질시하는 자들이 야음을 틈타 못된 장난을 꾸미고 있는 까닭에 주의하라 하옵니다."

"장난이라니?"

"첫째로는 배 몇 척을 가라앉혀 소란을 일으키고, 둘

째로는 물에 독을 풀어 사람들을 괴로움에 빠뜨리려 한다는군요."

"막을 수 있겠나?"

"심려치 마시옵소서."

아르슬란은 혹시 모르니 병사들을 대동하고 가도록 지시했다. 호수 위나 호반의 등불을 바라보며 그는 미모의 카히나에게 속삭였다.

"될 수 있는 한 민중들에게 불안을 주지 않도록 해주게."

"명심하겠나이다."

파랑기스는 고개를 숙이고 젊은 샤오 앞에서 물러나 즉시 말을 타고 달려나갔다. 일련의 동작이 춤을 추듯 우아해 사람들의 감탄을 자아낸 것은 새삼스러운 일도 아니었다.

"저건 암만 해도 흉내를 못 내겠어."

알프리드 같은 이는 그렇게 탄식했다.

다륜과 나르사스는 샤오의 곁을 떠나지 않았다. 아르슬란의 신변을 지킬 필요도 있고, 그들이 황급히 샤오의 곁을 떠나기라도 한다면 사람들이 무슨 일인가 생각할 것이다.

잠시 후 소란이 일어났다. 호수 위에서 달을 바라보며 노래를 부르던 배 한 척이 갑자기 뒤집어졌던 것이다.

비명이 들려오고 노랫소리가 중단되었다. 그리고 또 한 척이 크게 흔들리더니 뒤집어졌다.

"물속에 뭔가 있다!"

그런 고함이 터지고 호반에 있던 사람들이 황급히 물가에서 떨어졌다.

마르즈반 쿠바드도 호반의 좌대에서 술을 즐기다 이 소란에 눈살을 찡그렸다.

"이렇게 좋은 날에 소란을 일으키다니 어떤 운치 없는 놈이."

은잔을 내팽개친 쿠바드는 벌떡 일어났다. 아직 취할 정도로는 마시지 않았다. 기껏해야 다른 사람이 취할 양보다 5할 정도 더 마셨을 뿐이었다. 그는 주호酒豪였으며 그를 능가할 자는 아르슬란의 궁정에서는 파랑기스 정도밖에 없으리라는 평판이었다.

그 파랑기스가 경쾌하게 말을 몰아 달려나갔으므로 쿠바드도 자신의 말에 올라탔다. 대검을 허리에 찬 것 외에 무장은 없었다. 몸 안에서 술기운이 타오르니 추위도 느껴지지 않았다. 허풍만 떨지 않으면 승리의 신 베레스라그나를 방불케 할 정도로 위엄이 있는 사내였다.

"카히나님, 아마 그대가 아니고선 감당하지 못할 괴물이라도 나타난 모양이지? 지난번에는 왕묘가 도굴당했다느니 뭐라느니 하는 말을 들었는데, 이것도 그런 놈들의 장난질인가?"

"가능성은 있네."

말의 속도를 늦추지 않고 파랑기스가 대답했다.

"왕묘 도굴 건은 기이브의 말이라 다소 감안하고 들었지만. 그자에게는 재미없는 사실보다도 재미있는 허구가 더 중요한 모양인지라."

"그 친구의 그런 태도야 뭐, 딱히 틀렸다고 할 수는 없지."

선왕 시절부터 '허풍선이'라는 별명을 얻었던 쿠바드다운 대답이었다. 궁정에서는 기이브와 쿠바드가 파랑기스를 둘러싼 연적이라고 생각해 내기를 하는 자도 있었다. '누가 파랑기스를 공략하는가'가 아니라 '누가 먼저 파랑기스에게 차이는가'가 내기의 내용이었다. 남자들에게는 매우 서운한 이야기일 것이다.

기이브가 왕도를 비운 지금이 쿠바드에게는 절호의 기회일 테지만, 파랑기스 쪽은 남자들의 사정에 맞춰줄 마음 따위는 없는지 주위에 투명한 벽을 치고 남자들을 접근시키지 않았다.

파랑기스와 쿠바드는 말을 나란히 몰아 한밤의 호반을 달려나갔다. 20기 정도가 그 뒤를 따랐다. 구름이 흘러 달은 지상에 은백색 줄무늬를 드리웠다. 호면에서는 뒤집어진 배 주위를 다른 배가 에워싸고 있었으며 사람들의 소란이 파도와 바람에 실려 전해졌다.

파랑기스는 말 위에서 곧바로 활을 들었다. 물 흐르는 듯한 동작으로 시위에 화살을 메겨 쏘았다. 쿠바드의 눈에는 밤 한복판을 향해 쏘는 것으로밖에 보이지 않았지만, 한순간 후 단단한 것을 두드리는 소리가 미미하게 쿠바드의 귀에 전해졌다. 그 뒤를 이어 놀라움과 당혹감의 기척이 전해졌다. 어둠 속에 도사렸던 누군가가 파랑기스의 화살에 옷이 꿰뚫려 나무줄기에 붙들렸던 것이다.

쿠바드는 대검을 뽑아들고 말을 몰아 돌진했다. 천 찢어지는 소리가 말발굽 소리에 겹쳐졌다. 어둠 속에 도사린 자는 옷 일부를 희생해 간신히 몸의 자유를 회복했다. 그러나 그때는 이미 쿠바드의 말이 눈앞에 버티고 선 후였다. 뻣뻣이 서 있던 인물이 서둘러 한쪽 소매로 얼굴을 가렸다.

"마도에 몸담은 자들이 마도를 과시하고 세상의 평온을 어지럽히는군."

"……"

"뭐, 평온만 있으면 활기가 부족하긴 하지. 소란을 떠는 것도 가끔은 좋겠지만 기왕이면 좀 더 당당하게 하라고. 자네들 방식은 너무 음험해서 안 되겠어."

밉살맞게 이죽거리면서도 쿠바드의 몸놀림에는 빈틈

이 없었다. 그 사실이 이형의 존재들에게도 똑똑히 전해졌는지 무턱대고 달려들려 하지 않았다. 증오와 적의로 가득 찬 숨소리가 쿠바드의 전방과 좌우에서 밤공기를 어지럽혔다.

 그것도 오래 가지는 않았다. 소리도 없이 시커먼 그림자가 도약했다. 쿠바드의 대검이 허공에서 울부짖었다. 그림자를 양단한 것처럼 보였다. 그러나 그림자는 대검 칼날 위에 서 있었다. 한순간의 공백. 그림자가 쿠바드의 하나 남은 오른쪽 눈을 향해 가느다란 칼날을 꽂으려 했을 때 밤바람이 갈라졌다. 그림자는 공중제비를 넘으며 땅바닥에 굴렀다. 파랑기스가 쏜 두 번째 화살이 그자의 왼팔을 꿰뚫었던 것이다. 수상한 그림자는 재빨리 일어났지만 후드가 벗겨지면서 젊고 창백한 얼굴이 달빛 아래 그대로 드러났.

 파랑기스가 외쳤다.

 "구르간?!"

 그 목소리는 쿠바드에게 의외라는 느낌을 주었다. 아름답고 자긍심 높은 카히나가 당황하는 일이 있다니. 파랑기스가 세 번째 화살을 쏘려다 말았기 때문에 상대는 목숨을 건졌다. 즉시 반격했다면 분명 파랑기스에게 상처를 입힐 수 있었을 것이다. 하지만 상대는 파랑기스 이상으로 동요했다. 아연실색해서 뻣뻣이 서 있을 뿐 도망치려고도 하지 못했다. 쿠바드는 창졸간에 손목을 놀렸다. 대검의 칼날이 아닌 칼배로 수상쩍은 그림자를 후려치려 한 것이다. 구르간이라 불린 수상쩍은 그림자는 목덜미에 호된 타격을 맞고 크게 비틀거렸다. 몸을 지탱하지 못한 채 꼴사납게 바닥에 나뒹굴었다. 말에서 뛰어내린 쿠바드가 그림자를 붙들려 했을 때 뱀 같은 몇 가닥의 그림자가 허공을 날아왔다. 쿠바드의 대검이 세 가닥을 한꺼번에 베어버렸다. 네 번째 가닥이 쿠바드의 오른손 손목에, 다섯 번째 가닥이 얼굴에 감기려 했다. 가느다란 칼날이 달빛을 반사하고 꿈틀거리던 천이 죽은 뱀처럼 지면에 떨어졌다. 파랑기스의 검이 양단한 것이다.

거친 숨소리가 어둠 속을 오가고 갑자기 사라졌다. 밤바람이 소리를 내며 달려나가고 남녀 두 전사만이 그자리에 남았다. 이형의 존재들은 도망쳤으며, 쫓아가봤자 소용이 없다는 사실은 명백했다.

"카히나님은 그 이형의 존재를 아시는가?"

쿠바드는 캐물을 생각은 없었다. 파랑기스가 부정하면 그러냐고 고개를 끄덕일 셈이었다. 하지만 파랑기스는 시치미를 떼지 않았다.

"그자의 형을 알고 있었네."

냉정한 목소리였으나, 쿠바드의 선입견 탓인지 미묘하게 흔들리는 것 같았다.

"뭐, 큰일이 나지 않아 다행이지."

대검을 칼집에 꽂으며 쿠바드는 기수를 돌렸다. 파랑기스도 말없이 그 뒤를 따랐다.

쿠바드의 말대로 큰일은 나지 않았다. 배 세 척이 뒤집어지고 60명이 물속에 내팽개쳐졌지만 모두 구조되어 익사한 사람은 나오지 않았다. 샤오는 그들에게 위로의 의미로 드라흠(은화)과 포도주를 제공했다. 민중은 젊은 샤오의 마음 씀씀이를 칭송하며 불상사를 금세 잊어버렸다.

축제는 밤늦게까지 이어졌으며, 민중의 만족 속에 끝났다. 샤오의 측근 신하들 사이에서는 무언가 속삭임이 오갔지만 그 목소리가 외부에까지 흘러나가지는 않았다. 파랑기스의 분위기도 딱히 이상하지는 않았다. 왕도 엑바타나는 조용히 겨울을 맞이하려 했고, 아르슬란 일행은 일상의 정사를 수행하며 튀르크로 떠난 사절단이 귀국하기를 기다렸다.

V

파르스의 왕도 엑바타나가 호상제로 시끌벅적하던 밤. 서방 미스르의 수도에서는 국왕 호사인 3세가 축제와는 무관한 표정으로 왕궁의 후미진 어떤 방에 앉아 있었다.

"그렇군. 신두라 라자 라젠드라 2세는 그대의 감언에 넘어오지 않았단 말이지."

해로로 귀국한 사자를 왕궁에서 맞이하며 미스르 국왕 호사인 3세는 입가를 일그러뜨렸다. 표정에는 실망이 드러나 있었다. 오른쪽 뺨에 흉터가 있는 사내의 기량에 꽤 많은 기대를 했던 것이다.

입만 산 놈이라는 생각이 들었다. 마시니사도 의외로 기량이 작아 보였으니, 그의 양익이 될 자들이 이렇게나 못미더워서는 미스르 백년대계도 불안하기 그지없다. 아무래도 국왕이 혼자서 책략을 짜고 부하들을 마음대로 도구 삼아 조종하는 것 말고는 방법이 없을 것 같았다.

"참으로 면목이 없습니다. 이 불명예를 만회하기 위해 다음 기회를 내려주셨으면 고맙겠사오나 벌을 내리신다 해도 폐하를 원망하지는 않겠습니다."

원망하게 내버려둘 것 같으냐 싶었지만 입 밖으로 내지는 않았다. 안 그래도 인재가 부족하니 이 이상 줄일 수는 없었던 것이다. 그건 그렇다 쳐도 난감하게 됐다.

호사인 3세만이 아니었다. 파르스의 주변 국가들이 우려하는 점은 '굴람 제도 폐지'의 파도가 자신의 나라까지 밀어닥치고 집어삼켜 사회에 큰 파란을 일으키지 않을까 하는 것이었다. 그러므로 파르스 샤오 아르슬란을 타도하고 파르스에 노예제도를 부활시켜야 한다. 그런 공동의 목적으로 여러 나라가 단결할 수는 있을 것이다. 다만 그 안에서 주도권을 쥐려면 비장의 카드가 필요했다. 카드가 없다면 직접 만들면 그만이다. 이대로 수수방관하다간 파르스를 뒤집을 수 없다. 안전만 추구해봤자 도리가 없다. 과감하게 행동해야 하지 않을까. 호사인 3세는 입을 열었다.

"그대의 정체는 파르스 구 왕가의 생존자인 히르메스 왕자가 아닌가?"

호사인 3세의 물음이 너무나도 갑작스러웠으므로 사내는 표정만이 아니라 온몸을 굳혔다. 아니, 질문을 한 호사인 3세조차도 내심으로는 섣부른 짓이었나 하는 생각이 있었다.

그러나 한번 말을 던지고 나니 호사인 3세의 두뇌는 급속도로 활동을 개시했다. 어떻게 생각해도 달리 방법이 없었다. 그렇다면 선수를 쳐 사태를 주도하는 편이 나을 것이다. 그렇게 생각하고 추가공격을 가하듯 말을 이었다.

"어떤가. 짐을 믿고 고백해주지 않겠나. 결코 서운하게 대하지는 않겠네. 그대에게도 이익이 되리라 생각해서 하는 말일세."

즉시 대답이 돌아오지는 않았다. 그러나 대답은 정해

진 것이나 다름없었다.

"가령 그렇다고 말씀드리면 어떻게 하시겠습니까."

호사인 3세는 그 대답에 뛰어들어보았다.

"그렇군. 역시 그랬어. 그러나 히르메스 왕자의 얼굴 흉터는 화상이라고 하던데. 하지만 그 상처는 불에 탄 것처럼은 보이지 않는군. 참으로 그대가 히르메스 왕자인가?"

호사인 3세의 연기는 교묘했다. 오른쪽 뺨에 흉터가 있는 사내는 그렇다고 대답하는 것 말고는 방법이 없다는 기분에 사로잡힐 것이다. 그리고 그렇게 대답한 후 대체 어떤 운명이 자신을 기다릴지 생각을 굴리지 않을 수 없을 것이다. 그러나 충분히 생각하기에는 시간적으로도 심리적으로도 여유가 없었다. 마침내 그는 대답했다.

"제가 바로 히르메스입니다."

"좋아. 그 말을 듣고 짐도 안심했네."

호사인 3세는 고개를 끄덕이더니 좌우 손바닥을 짝 마주쳤다. 어전에 대기하던 시종들을 가까이 불러다 나직한 목소리로 무언가를 명령했다. 놀란 표정을 지으며 시종들이 물러났다.

잠시 후 나타난 것은 마시니사 장군과 굴강한 병사 여덟 명, 그리고 의사 모자를 쓴 남자 셋이었다. 마시니사는 호사인 3세에게 깊이 고개를 숙여 인사하더니 무언가 기묘한 눈빛으로 오른쪽 뺨에 흉터가 있는 사내를 바라보았다. 사내는 눈에 보이지 않는 불길함이라는 이름의 새가 싸늘한 날개로 그의 등줄기를 어루만지는 것을 느꼈다. 호사인 3세가 말했다.

"진정한 히르메스 왕자라면 얼굴의 상처는 화상이어야만 할 걸세. 그러나 그렇게 보이지 않는 이상 그렇게 보이도록 해야만 하겠지. 안 그런가, 히르메스 왕자?"

오른쪽 뺨에 흉터가 있는 사내의 얼굴이 창백해졌다. 호사인 3세는 그에게 얼굴을 지지라고 강요하는 것이다.

"그대가 단언하지 않았나. 각오를 하게. 짐은 생각하고 있네. 히르메스 왕자를 파르스의 왕좌에 앉혀, 노예제도를 부활시키고, 그렇게 한 후에 우리 왕실의 여식을 아내로 맞게 해 양국의 유대를 영원히 구축하겠노라고 말일세."

"파르스의 왕좌……."

사내는 신음했다. 두 눈에 뜨거운 야망의 등불이 켜졌다. 사내의 표정을 관찰하며 호사인 3세는 마음속으로 고개를 끄덕였다. 그의 음모는 성공을 향해 다가가고 있었다.

"뭐, 거기 앉게나. 흉금을 털어놓고 이야기를 나눠보고 싶으니."

호사인 3세가 사내에게 먹이려는 것은 영혼의 독주였

다. 의자에 앉은 사내에게 호사인 3세가 말을 걸었다.

"현재 파르스 샤오 아르슬란은 구 왕가의 혈통을 잇지 않았다고 공언했네. 혈통이 중요하지 않다면 누가 파르스의 옥좌를 얻더라도 상관이 없지 않겠나. 하물며 자네가 진짜 히르메스 왕자라면 정통성은 자네에게 있지. 그리고 짐은 정의의 편을 들려 하네."

호사인 3세의 눈동자 속에서 뿜어져나온 빛이 사내의 뺨에 떠오른 땀방울을 비추었다.

"그리고 그대의 각오를 듣고 싶군. 찬탈자 아르슬란과 싸워, 놈을 타도하고 옥좌를 얻을 만한 각오가 있는지를."

"……"

"없으면 어쩔 수 없지. 짐도 각오가 되지 않은 자 하나에게 미스르의 국운을 걸 수는 없네. 금화 백 닢을 줄 테니 내일까지 이 나라를 떠나게."

호사인 3세가 마시니사에게 손을 내밀자 살집 두툼한 손바닥에 마시니사가 금화 자루를 얹었다. 호사인 3세는 그것을 사내의 발치에 툭 던졌다.

무거운 침묵은 오래 가지 않았다. 사내는 입을 열고, 갈라진 목소리를 목구멍에서 밀어냈다.

"각오라면 됐소."

"후회하지 않겠나?"

"하지 않소. 파르스의 왕좌를 내 손에."

"좋아."

호사인 3세는 고개를 끄덕이고 처음으로 활짝 웃었다.

"그러면 이 술을 마시게. 아편이 들었으니 고통을 누그러뜨려줄 걸세."

국왕이 의사에게 손가락을 딱 울리자 사내의 앞에 도자기 잔이 놓였다. 그 안에 찬 까만 액체를 사내는 거의 단숨에 들이켰다.

잔을 탁상에 놓자 사내는 마시니사의 채근을 받아 바닥에 깔린 융단 위에 드러누웠다. 좌우 팔다리를 병사들이 한 사람씩 잡고 억눌렀으며 다섯 번째 사람은 배 위에 올라탔다. 여섯 번째가 얼굴을 붙들었다. 나머지 두 병사는 의사의 지시에 따라 유약이며 붕대를 준비하기 시작했다. 그리고 마시니사는 불이 붙은 횃불을 들고 사내의 곁에 무릎을 꿇었다.

"히르메스 전하, 용서하시오. 이것도 주군의 명령인지라."

"어서 끝내게."

"그러면 실례. 분노와 증오는 부디 파르스의 찬탈자 놈들에게 내려 주시구려."

그가 든 횃불이 아래로 향했다. 무시무시한 비명이 실내를 뒤흔들었다. 고기 타는 악취가 호사인 3세의 코를 찌르고, 미스르 국왕은 미간을 찡그리며 향유 병을 코에 가져다댔다.

……이윽고 무대는 별실로 옮겨져, 치료를 마친 의사들이 공손히 인사를 남기고 대기실로 돌아갔다. 침대 위에서는 얼굴을 붕대로 감은 사내가 나직한 신음소리를 흘렸다. 머리맡에는 간호를 맡은 노예 여자가 조용히 서 있었다. 마시니사가 답답한 숨을 고르려는 듯 호사인 3세에게 물었다.

"그건 그렇고 과감하게 나서셨군요, 폐하."

"딱히 그렇게 과감하지도 않네. 남의 얼굴인걸. 짐 자신의 얼굴이라면 절대 태울 마음이 안 들었겠지만."

호사인 3세는 무뚝뚝하게 내뱉고는 침대로 다가갔다. 붕대를 감은 사내를 메마르고 싸늘한 눈으로 내려다보았다.

"히르메스 경."

얼굴을 가까이 가져가 말을 걸자 신음 소리가 그쳤다. 무언가에 홀린 듯한 목소리가 미스르 국왕에게 대답했다.

"파르스의 왕좌를……."

"알고 있네. 약속은 지키지. 그대를 머잖아 파르스 샤오 히르메스로 즉위시켜주겠네."

호사인 3세는 살짝 어조를 바꾸어 속삭이듯 물었다.

"한데 참고삼아 묻겠네만, 자네의 진짜 이름은 무언가?"

"샤……."

"호오, 샤?"

"샤……가…… 아니야, 내 이름은 히르메스다!"

"흐음, 그렇군."

쓴웃음을 지으며 호사인 3세는 몸을 일으켰다. 생각보다 확고한 자일지도 모르겠다. 한번 히르메스 왕자를 자청할 결의를 한 이상은 그렇게 밀어붙여야지.

마시니사가 두 눈을 빛냈다.

"진실을 고백하게 할까요, 폐하?"

"진실은 지금 자네도 들은 대로일세. 이분은 파르스의 왕족 히르메스 전하야."

호사인 3세는 목소리에 위압감을 담았다.

"그렇게 알고 이분을 대하게, 마시니사. 장래의 파르스 국왕께 무례는 용서하지 않겠네. 명심하도록. 알았나?"

"부, 분부 받들겠나이다."

깊이 고개를 숙인 마시니사를 퇴실시키고 호사인 3세는 생각에 잠겼다. 야심을 위해 얼굴까지 지진 이 사내에게 당장 미스르 왕실의 여식을 시집보내도록 해야겠다. 사내아이가 태어나면 장래에는 파르스의 샤오가 될 것이다.

"그렇게 되면 히르메스 2세 이후 파르스 왕실에는 우리 미스르 왕실의 피가 섞이게 되지. 참으로 경사스러운 일이 아닌가."

호사인 3세는 나직하게 웃었다. 그 웃음소리는 벽과 천장에 닿기도 전에 공기에 빨려들어 사라져버려 아무의 귀에도 들어가지 않았다.

제5장 가면군단

I

 기이브, 엘람, 자스완트 세 사람이 300명의 병사 및 포로와 함께 튀르크의 수도 헤라트에 도착한 것은 12월 15일이었다. 이미 겨울에 접어든 산간 국가의 추위는 매서웠으며 길은 얼어붙어 여행자들을 괴롭게 했다. 고개에는 안개와 눈이 번갈아 소용돌이쳤으며 눈사태도 만났다. 죽은 이가 나오지 않은 것이 다행이었다.
 "이런 날은 젊은 여인의 피부로 몸을 녹이고 싶다니까. 백 겹의 모피보다도, 천 잔의 포도주보다도 그 편이 고맙지."
 절절히 말하는 기이브의 옆에서 자스완트는 몸을 떨고

있었다. 공포 때문이 아니다. 남국 출신인 자스완트는 무더위에는 강하지만 추위에는 약한 것이다. 이 점에서 자스완트를 사자의 일원으로 삼은 것은 최선의 인선이 아니었지만 외교기술 면에서는 어쩔 수 없었다.

튀르크의 국토는 전체적으로 표고가 높고 햇살이 강했으므로 사람들의 피부는 볕에 그을린 갈색이었다. 튀르크 여성의 외모에 대한 기이브의 채점은 냉혹했다.

"게다가 냄새가 영 말이지. 산양 기름 냄새가 아무래도 마음에 안 들어. 역시 여자는 파르스 여자가 최고인 것 같아."

"세리카 여성도 아주 아름답다고 들었는데요."

놀릴 생각으로 엘람이 말하자 기이브는 아주 진지하게 기억의 끈을 더듬었다.

"길란 항구에서 세리카 여자도 봤는데, 괜찮기는 해도 최고라고 할 수는 없었던 것 같아. 역시 세리카 본국에 가봐야겠어. 다륜 경 같은 이가 가봤자 보물산에 들어가서 맨손으로 돌아오는 격이지."

기이브의 말수가 많은 이유는 첫째로 추위 때문에 혀의 회전이 둔해지지 않도록 노력하는 것이었다. 자스완트는 이미 옛날에 혀가 얼어붙었는지 철쇄술의 고수 투스처럼 말이 없어졌다. 이따금 입을 열면 파르스어와 신두라어로 "추워."를 되풀이할 뿐이었다.

하늘에는 회색 먹구름이 끼었으므로 헤라트 시민들이 자랑하는 저녁놀은 볼 수 없었지만 계단궁전의 위용은 파르스인들이 눈을 크게 뜨게 만들었다. 그들도 왕도 엑바타나의 영화에는 익숙했지만 이렇게 하늘을 찌를 듯이 솟아난 거대한 건물을 본 적은 없었다. 높은 탑이라면 엑바타나에도 있지만 계단궁전은 폭도 넓이도 깊이도 거대했다. 수천 개의 창문이 햇살을 받아 반짝여, 엘람에게는 전설에 등장하는 천 개의 눈을 가진 거인 에흐타로키아가 으스대며 파르스인들을 내려다보는 것처럼 여겨졌다.

"창문 하나마다 여자가 있다면, 튀르크 국왕도 상당히 밝히는 사람이겠군."

기이브는 어디까지고 자신을 기준으로 생각했지만, 안내하는 튀르크 병사를 따라 궁전에 들어서자 파르스 샤오의 사자답게 자못 진지한 표정을 지었다. 마음만 먹으면 기이브는 얼마든지 기품 있고 우아하게 행동할 수 있는 것이다.

넓은 알현실에서 기이브를 비롯한 세 사람은 튀르크 국왕 카르하나와 대면했다. 석조 바닥이 따뜻한 이유는 바닥 밑에 관을 뚫어 화로에서 더워진 연기를 내보내기 때문이라고 한다. 옥좌는 목제 대좌 위에 설표 모피를 깔아놓은 것이었다. 모양을 갖춰 인사를 하고, 질 좋은 포도주며 진주 같은 선물을 증정한 후 카르하나 왕이 곧바로 본론을 꺼냈다.

"그러면 당연한 질문을 하도록 하지. 파르스와 화평을 맺으면 우리 나라에 어떠한 이익이 오겠는가?"

"말씀드릴 필요도 없을 것이옵니다. 화평 그자체가 이익이 되지 않겠나이까. 현명한 폐하시라면 이미 이해하셨으리라 짐작하옵니다."

기이브가 정중하게 대답하자 카르하나 왕은 비아냥거리듯 입가를 일그러뜨렸다.

"누구에게 유리한 화평일지 그것이 핵심 아니겠는가. 파르스에게 필요한 만큼 우리 튀르크는 화평을 바라지 않네."

"폐하께서는 강직한 분이시군요. 하오나……."

기이브가 혀를 휘두를 시간을 주지 않고 카르하나는 말했다.

"파르스가 진심으로 우리 튀르크와 화평을 맺기를 원한다면 하다못해 튀르크어를 할 수 있는 사자를 파견하는 게 어떻겠나. 짐은 이렇게 파르스어를 하는 것이 영 내키지 않네. 그러나 우선 파르스 샤오의 선물은 받아두도록 하지."

카르하나 왕이 '선물'을 쳐다보았다. 포도주며 진주가 아니라, 무릎을 꿇은 채 벌벌 떠는 튀르크인 장군을.

"고라브여, 용케 돌아왔구나."

"네, 네에……."

"정말, 참으로 용케도 돌아올 생각을 했군. 돌아오면 뭔가 좋은 일이라도 있을 것 같았나?"

카르하나 왕의 목소리는 얼음조각이 되어 홀에 쏟아져 파르스에서 온 사자들도 등줄기에 오한을 느꼈다. 대화는 튀르크어였지만 사정을 짐작하기는 어렵지 않았다.

카르하나 왕이 신하에게 무언가를 명령하자 파르스인들에게는 기묘한 광경이 펼쳐졌다. 문 하나가 열리더니, 소년들이 홀에 들어왔던 것이다. 숫자는 여덟, 나이는 10세에서 15세 정도인 것 같았다. 허리에는 검을 찼으며 산양 가죽을 끈처럼 가늘게 엮어 만든 가벼운 갑옷을 입었다. 그중 하나는 파르스인들을 적의가 담긴 시선으로 쏘아보며 두 손에 들었던 곤봉을 고라브 장군의 발치에 던졌다.

"그대의 무능 탓에 파르스군에 목숨을 잃은 병사들의 자식이다. 아버지의 원한을 풀고 패군지장의 죄를 물으며 파르스에 대한 증오를 다시 확인하기 위해 짐이 불러왔지."

카르하나 왕은 패배한 장군에게 강렬한 질타를 쏟아냈다.

"고라브, 곤봉을 들어라!"

채찍으로 얻어맞은 것처럼 고라브 장군은 바닥에 떨어진 곤봉을 들었다. 튀르크에서도 손꼽히는 무장일 테지만 얼굴에는 핏기가 없고 온몸이 부들부들 떨렸다. 곤봉을 든 손도 영 불안했다.

여덟 명의 소년들이 검을 뽑으며 고라브를 포위했다. 그 검은 파르스의 단검보다는 길지만 장검이라고 할 정도는 아니었다. 칼날은 위를 향해 살짝 구부러졌다. 그것을 쳐들고, 말없이 포위망을 좁혔다.

괴성을 지르며 소년 하나가 고라브에게 달려들었다. 고라브는 곤봉을 휘둘러 검을 쳐냈다. 강렬한 힘에 소년이 비틀거렸다. 고라브는 즉시 곤봉으로 소년의 다리를 후려쳤다. 소년은 바닥에 나뒹굴었지만 그 전에 다른 소년이 고라브의 뒤로 달려들었다. 고라브는 몸을 돌려 소년의 검을 봉으로 쳐 떨구었다. 알현실 안에 괴성과 칼날 부딪치는 소리가 울려 퍼지고, 18개의 신발이 바닥을 울리며 뛰어다녔다.

역시 소년들로는 감당이 안 되나 싶었지만, 곤봉에 얻어맞았던 소년 하나가 바닥을 구르며 검을 수평으로 휘둘렀다. 칼날이 고라브의 오른쪽 발목에 파고들었다. 고라브가 비틀거리며 곤봉을 바닥에 짚어 몸을 지탱했다. 소년들이 앞뒤에서 고라브에게 몰려들어 검을 내질렀다. 뽑았다가는 다시 찔렀다. 고통 어린 비명과 피가 튀고, 차츰 낮아지고, 마침내 고라브는 인간의 형태를 한 핏덩어리가 되어 바닥에 허물어졌다.

여덟 명의 소년이 피에 젖은 검을 바닥에 짚고 무릎을 꿇자 카르하나 왕은 만족스럽게 고개를 끄덕였다.

"파르스에서 온 사자들이여, 이것이 튀르크의 방식이다. 지엄하다고 다 좋은 것은 아니지만 무능해 소임을 다하지 못한 자는 당연히 벌을 받아야만 하는 법. 그렇지 않은가?"

그 말에 기이브는 한껏 태연한 표정을 가장하며 대답했다.

"소인처럼 무능한 자는 파르스가 더 살기 좋을 것 같사옵니다."

"호오, 파르스의 새 왕은 무능한 자에게 관대한가?"

"쓸데없이 지엄하지는 않사옵니다. 예를 들어 저희 샤오라면, 고라브 장군에게도 자식이 있다는 사실을 잊지 않으실 테지요."

카르하나 왕의 방식은 잔혹하기는 했지만 일면 합리적이었다. 패군지장을 처형할 때 전사한 병사들의 유족에게 이를 맡긴다. 허무하게 병사를 죽게 만든 죄에 대해서는 그 방식이 확실히 어울릴지도 모른다. 그러나 엘람은 생각했다.

'일면 합리적일지는 모르지만 마음에 들지는 않아. 이

왕은 신하를 공포로 지배하려 한다. 아르슬란 폐하와는 달리.'

파르스인들의 반응을 카르하나 왕은 냉소로 받아들였다. 소년들을 퇴실시키고 고라브 장군의 피에 물든 시신을 치우게 하더니, 다시 파르스인들을 쳐다보았다. 냉소는 여전히 지우지 않고 있었다.

"어차피 파르스와 싸운다면 그대들을 모조리 죽여 선전포고의 상징으로 삼아도 되겠지. 그렇게 되고 싶은가?"

"그것은 소인배의 소행이라 말씀드려야겠군요. 일국의 왕께서 하실 만한 짓이라고는 생각할 수 없나이다."

기이브는 태연했다. 적어도 튀르크인들의 눈에는 얄미울 정도로 태연하게 보였을 것이다. 나르사스가 그를 사자로 삼은 이유 중 하나였다.

"카르하나 폐하, 폐하께서 영웅이시라면 무력한 사자들을 죽이고 쾌재를 올리거나 하지는 않으실 테지요. 환대하여 돌려보는 것이 바로 왕의 도량이 아니겠습니까."

"그대는 활기찬 곡에 맞춰 장례식 노래를 부르는 자인 모양이군. 뭐, 좋다. 얼마나 잘 지저귀는지 들어보지."

"우리 파르스와 신두라는 굳은 동맹으로 맺어진 사이이옵니다. 보시다시피 사자 중에도 신두라인이 있지요."

"알고 있다. 추운데 고생이 많다."

카르하나 왕이 비아냥거리거나 말거나 기이브는 말을

이었다.

"튀르크 혼자 동시에 두 나라를 상대로 싸울 수 있다고 생각하시옵니까?"

"싸우지 못할 것도 없지. 방책은 있다. 가르쳐줄 수는 없지만."

카르하나 왕은 희미하게 웃었다. 인상이 기이한 만큼 그러한 표정을 지으면 기이브조차 주눅이 들 정도로 사악한 그림자가 일렁였다. 다만 카르하나 왕은 단순히 사악한 인물인 것은 아니었다. 필요하다면 사악해질 수도 냉혹해질 수도 있는 인물인 것이다.

'이 국왕과 히르메스 왕자가 진심으로 손을 잡는다면 매우 위험하겠어.'

엘람은 그렇게 생각하지 않을 수 없었다. 히르메스 왕자가 이 나라에 있는지 어떤지 질문해봤자 제대로 된 대답이 돌아올 것 같지는 않았다. 한껏 주의해서 필요한 사실만을 캐내야 한다. 그렇게 결의하며 엘람은 주의 깊게 표정을 지웠다.

II

파르스에서 온 사자들은 숙소로 안내를 받았다.

숙소 주위에는 그리 많은 병력이 배치되진 않았다. 그

렇다고 해서 튀르크 국왕이 우호적이라는 증거는 되지 않았다. 고개마다 세워진 요새가 문을 굳게 닫고 길을 차단하면 파르스 사절단은 계곡에서 나갈 수가 없다.

숙소 건물은 석조이며 창문이 적고 벽이 두꺼웠다. 음습한 느낌이기는 하지만 한기가 심한 토지니 이런 건축방식이 되어도 어쩔 수 없다.

"폐하께서 우릴 사자로 선택하신 이유는 호락호락 적의 수중에 떨어지지는 않으리라는 생각이 있으셨기 때문일 겁니다. 어떻게든 목적을 달성하고 탈출해 튀르크 왕을 원통하게 만들어줍시다."

자스완트가 웬일로 입을 열고 역설했다. 아무래도 튀르크 국왕이 마음에 들지 않는 모양이었다. 그 기분은 엘람도 이해했다. 기이브는 어떤가 하면, 짐을 방에 놓아두기 무섭게 냉큼 외출하려 했다.

"기이브 경, 어디 가십니까?"

"뻔한 걸 묻고 그래. 튀르크의 풍속을 시찰하려고 그러지. 자네들도 동행하겠어?"

기이브가 관심을 두는 풍속이 어떤 분야인지는 엘람도 자스완트도 잘 안다. 내버려두었다간 매우 편향된 시찰결과가 나올 것 같았으므로 두 사람도 동행하기로 했다. 병사들에게는 휴식하도록 명령하고 자스완트는 모피 겉옷을 껴입었다.

숙소는 고지대에 있어 시가지로 나가려면 언덕길을 내려가야 했다. 싸늘하고 메마른 공기 탓에 목이며 코가 아팠다. 길은 흙이 그대로 드러나서 걸을 때마다 먼지가 피어났다.

"뭐 이런 도시가 다 있어."

불평을 늘어놓던 기이브가 하늘로 시선을 돌렸다. 거무스름한 새의 무리가 회색 하늘에 맴돌고 그 아래 석탑이 우뚝 솟은 것이 보였다. 의아해하는 기이브의 표정을 보고 자스완트가 대답했다.

"죽은 자의 탑이라고 불리는 그거 아니겠습니까. 튀르크에는 조장鳥葬 풍습이 있으니까요."

"그럼 고라브 장군의 시신도 저기 있을까?"

"글쎄요, 그건 어떨지."

자스완트는 고개를 갸웃했다. 타국 사람의 눈에는 기괴한 풍습으로 비친다 해도 조장은 신성한 의식일 것이다. 고라브 장군은 패전의 죄를 물어 처형당했다. 말하자면 죄인이니 조장을 지내줄지 어떨지는 알 수 없었다. 싸늘한 하늘을 날아다니는 새의 무리에서 눈을 돌린 세 사람은 먼지투성이 언덕길을 따라 시내로 내려갔다.

파르스 사절단이 튀르크의 풍속 시찰을 나간 동안 카르하나 왕은 자신의 방에 객장 히르메스를 불러 이야기를 나누고 있었다. 미스르의 호사인 왕에 비하면 카르하나 왕은 머리가 뛰어난 장수 복이 있는 편이었다.

파르스에서 온 사자 이야기는 뒤로 미뤄졌다. 북방국경을 순찰한 히르메스는 투란의 내정을 캐고 온 참이었던 것이다.

3년 전, 파르스 침략에 실패했던 투란은 정예 대부분을 잃었다. 맹장 타르칸을 비롯해 전사한 숙장들의 수는 헤아릴 수도 없었으며, 당시의 국왕 토크타미시까지 사망자의 대열에 들어갔다. 물론 이것은 왕족 일테리시에게 시해당한 것이지만 바로 그 일테리시 또한 패전 속에 행방불명되어 투란은 지도자가 사라져버렸다. 그런 투란을 수중에 장악하는 데서부터 시작하자고 히르메스는 제안했다.

카르하나 왕은 고개를 갸웃했다.

"그러나 투란은 가난한 나라일세. 공략해봤자 의미는 별로 없을 텐데."

"반대이옵니다."

히르메스가 말했다. 투란 본토를 공략하는 것이 아니라, 투란의 살아남은 전사들을 부추겨 튀르크의 용병으로 삼는 것이다. 많은 정예를 잃었다고는 해도 살아남은 자들, 침공에 가담하지 않고 본토를 방위하던 자들을 모으면 1, 2만은 된다. 그들도, 그들의 가족도 앞으로 살아가야만 하지만 투란 본토에는 유목 이외에는 산

업이 없다. 그들은 곤궁해졌으며, 그렇다고 대규모 침공이 가능한 상태도 아니므로 근근이 약탈을 하고 다닐 수밖에 없었다. 이럴 때 튀르크 국왕이 그들에게 보수를 주어 파르스나 신두라를 습격하도록 하는 것이다. 타국에게는 큰 위협이 되지 않겠는가.

"그렇군. 좋은 생각이야. 그러나 투란의 숙장들은 모두 파르스 때문에 패망해버렸네. 1만 이상의 기병을 지휘하고 통솔할 만한 인물이 있는가?"

카르하나 왕이 그 점을 우려하자 히르메스가 즉시 대답했다.

"맡겨만 주신다면 제가 그 임무를 맡도록 하겠습니다."

"그대가 해준단 말인가. 그거야말로 바라지도 않았던 말이로군. 전권을 위임할 테니 마음껏 해보게나."

카르하나는 무능하다고 생각하는 자에게는 냉혹하지만 한번 신뢰하고 맡기면 통이 컸다. 히르메스는 이 신뢰관계가 오래 이어지기를 바랐다. 그러나 상황이 긴박해지면 서로 자기 자신의 처지를 우선시하게 될 것이다.

"자금도 필요한 만큼 쓰게. 특별히 바라는 것이라도 있나?"

"그러면 말씀에 힘입어, 은색 가면을 백 개 정도 만들어 주셨으면 하옵니다."

"가면을?"

"그렇습니다. 100기마다 지휘관을 두어 그들에게 그것을 쓰게 하겠습니다. 파르스 놈들이 보면 놀라 당황하겠지요. 어느 것이 진짜 히르메스냐고."

"그거 재미있군. 냉큼 만들도록 하겠네. 튀르크의 역사에 가면군단이 생기는 셈인가?"

카르하나 왕은 손뼉을 쳤다. 히르메스는 다시 말했다. 이미 국경지대에서 투란의 장로들에게 금화 천 닢을 뿌려, 전사들을 선발해 튀르크의 수도 헤라트로 보내도록 청했다는 것이다.

"호오, 그거 신속하군."

감탄한 듯 고개를 끄덕이기는 했지만 카르하나 왕의 두 눈이 아주 짧은 순간 바늘 같은 빛을 뿜었다. 히르메스는 표정을 지우고 그 안광을 받아들였다. 너무 솜씨가 좋으면 쓸데없는 경계심을 사게 될지도 모른다. 그는 별 대수롭지도 않다는 듯 말을 이었다.

"새해가 오면 즉시 1만 기병단을 편성해 신두라로 쳐들어갈 수 있을 것이옵니다."

"하지만 앞으로 긴 겨울이 기다리고 있네. 산악지대를 넘어 신두라까지 원정을 가기에는 힘이 들지 않겠는가?"

"겨울이기에 하는 것이옵니다."

그것이 히르메스의 대답이었다. 겨울에 눈과 얼음과 냉풍을 뚫고 튀르크에서 출격하리라고는 신두라 측도 생각하지 못할 것이다. 허를 찌를 수 있다.

 온난한 신두라를 약탈하고 돌아다닌 다음 바람처럼 튀르크로 철수한다. 추위에 약한 신두라군이 설산을 넘어 튀르크 국내까지 쫓아오기란 불가능하다. 기껏해야 국경을 방비해 더 이상 튀르크군이 남하하지 못하도록 저지하는 정도일 뿐이다. 신두라 라자 라젠드라 2세는 자기 군대의 손실을 줄이기 위해 파르스군의 응원을 요청할 것이다. 그렇게 됐을 때 사태는 다음 단계로 넘어간다.

"기대되는군. 그런데……."

 카르하나 왕은 화제를 바꾸었다. 파르스에서 온 사자에 대해서였다. 궁전에 들어왔을 때 히르메스는 숨어서 그 모습을 목격했다. 왕은 아는 사람이냐고 물었다.

"그자라면 본 적이 있사옵니다. 유랑악사인지 음유시인인지를 자청하다 어느 사이엔가 아르슬란의 측근이 되고 만 자였습니다."

"흐음, 광대로군."

 카르하나 왕이 코에 주름을 지으며 경멸하는 표정을 지었다. 히르메스는 조용히 고개를 가로저어 카르하나 왕의 섣부른 판단을 말렸다.

"말재간도 능수능란하지만 검과 활 솜씨는 그 이상일지도 모릅니다. 그자를 사자로 선택한 것은 아마도 나르사스라 하는 군사일 것입니다. 아르슬란의 궁정에는 광대인 척하면서 이능을 가진 자들이 많사옵니다."

히르메스의 목소리에는 단순하지 않은 감정이 묻어났다. 부하 한 명 없는 자신의 처지를 생각한 것이리라고 카르하나 왕은 추측했다. 그는 히르메스에게 저택을 내주고 종자도 붙여주었으나 막료는 빌려주지 않았다. 오히려 활동하기 힘들 거라고 생각했기 때문이다.

과거 히르메스에게는 잔데라는 막료가 있었다. 마르즈반 칼란의 아들로, 여러모로 도움이 되었으나 몇 년째 소식이 끊어졌다. 투란인 중에서 유능한 인물을 골라 막료로 삼아야 할 것 같았다. 아울러 튀르크인 군감軍監을 붙여달라고 카르하나 왕에게 직접 부탁해야 할 것이다. 그것이 정치적 배려가 아니겠는가.

III

투란에서 천 명의 전사가 히르메스를 찾아온 것은 12월 19일이었다. 히르메스 자신도 놀랐을 만큼 투란인들의 반응은 신속했다. 북방의 혹독한 겨울이 바람을 타고 투란 본토를 지배할 때였으므로 가족과 함께 살아남으려면 히르메스의 제안에 달려들 수밖에 없었던 것이다.

히르메스는 즉시 그들을 만났다.

20대에서 40대 사이의 사내는 별로 없었다. 파르스 침공 실패가 투란에게 얼마나 중대한 실책이 되었는지를 잘 알 수 있었다. 한창 일할 무렵인 청년과 장년이 파르스 땅에 켜켜이 쌓인 시체가 되었던 것이다.

"잘 와주었네만, 나머지는?"

히르메스가 묻자 파르스어를 알아듣는 것으로 보이는 초로의 사내가 일동을 대표해 대답했다. 현재 전령이 온 나라를 뛰어다니며 지원자를 모집하고 있다는 것이다. 천 기가 모일 때마다 대열을 짜 튀르크로 보내고 있으며, 연내에 1만을 넘을 것이라고 했다.

"알았다. 1만 기가 모이면 튀르크 측에 부탁해 병량과 의복을 보내라 하겠다. 병사에게는 한 사람당 튀르크 은화 50닢을 지급한다. 또한 앞으로 약탈할 물자의 절반은 튀르크 국왕 폐하께 헌상하고, 나머지는 그대들에게 분배하겠다."

초로의 사내가 히르메스의 말을 투란 어로 통역하자 환성이 일어났다.

"그런데 내 생각에 그대들의 아버지나 형제들이 파르스군에 패배한 것은 파르스군보다도 약했기 때문이다. 그 점은 인정하나?"

히르메스가 어조를 다잡아 묻자 투란인들은 불만스러

운 표정을 지었다. 자신들은 무용에서는 파르스인들에게 꿀리지 않는다고, 패배한 것은 속임수 계략 때문이라고, 그들의 표정은 그렇게 말하고 있었다.

"그렇지 않다. 거듭 말하지만 그대들의 아버지와 형제들이 패배한 것은 파르스군보다 약했기 때문이다."

히르메스는 냉담하게 단언했다.

"실력으로는 패배하지 않았지만 계략에 패배했다, 혹은 운이 없었다, 그런 식으로 생각하는 한 언제까지고 이기지 못한다. 이긴 자가 강한 것이다. 그것이야말로 투란인들의 신조가 아니었나?"

반론은 없었으며, 전사들은 쓸쓸하게 침묵했다.

튀르크와 투란은 거슬러 올라가면 같은 선조를 가졌다. 그러나 오랜 세월을 거쳐 문화적으로도 풍속적으로도 많은 차이가 생겨났다. 유목생활을 계속하던 투란인은 산간에 정착한 튀르크인을 툭하면 얕잡아보는 경향이 있었으며, 튀르크인들은 반대로 투란인들을 '뜨내기 무리'라고 경멸했다. 지금은 곤궁에 빠져 튀르크 국왕에게서 봉급을 받지 못하면 살아갈 수 없다는 것도 투란인들에게는 원통한 일일 것이다.

"억지로 튀르크를 위해서라고 생각하지는 마라. 그대들이 내 명령에 충실히 따른다면 자연스레 튀르크를 위한 일이 될 것이고, 무엇보다도 투란을 위한 일이 될 것이다."

"명심하겠습니다. 뜻에 따라 열심히 싸우겠습니다. 그런데 지휘관인 귀하를 저희는 무어라 불러야 합니까?"

"그냥 은가면 경이라고 부르든가 해라."

옛날에도 잔데와 똑같은 대화를 나눈 적이 있었다. 히르메스는 그 사실을 떠올렸다. 투란인들은 히르메스의 얼굴을 보며 약간 의아해하는 표정을 지었다. 그러나 대표자가 물은 것은 다른 질문이었다.

"저희는 우선 어느 나라와 싸우게 됩니까?"

"남하해서 신두라를 친다."

히르메스는 내뱉고 투란인 일동을 둘러보았다.

"신두라를 괴롭히면 파르스가 나올 것이다. 반드시 나온다. 땅을 두드리는 망치가 빗나가는 일이 없듯 이 예측은 반드시 적중한다."

"파르스인들에게 보복할 수 있는 겁니까?"

소년처럼 어린 투란인이 서툰 파르스어로 물었다.

"전쟁에서는 공세에 나선 자가 반대로 패배하는 경우도 있으니까. 파르스에 보복하고 싶다면 1만 기가 완전히 내 손가락 하나에 움직여주어야 한다. 단순히 용사가 1만 명 모여서는 파르스군의 좋은 먹잇감이 될 뿐이다."

그날, 카르하나 왕에게서 100개의 은가면이 히르메스에게 도착했다. 여기에 1만 개의 목면 두건도 함께 왔다. 은가면은 과거 히르메스가 썼던 것과 같았으며 장교들이 착용했다. 두건은 두 눈과 입 부분만을 뚫어놓은 것이었으며 병사들이 쓰게 되었다.

이리하여 가면군단 편성이 진행되었다. 투란인들로 구성되어, 파르스인이 지휘하고, 튀르크 국왕이 봉급을 내는 이형의 군대였다.

한편 파르스인들은 숙소에 반쯤 연금된 상태였다. 그들이 시내에 나갔다가 투란인들의 모습을 보면 안 되기 때문에 카르하나 왕이 외출을 금지했던 것이다. 유일한 외출에서 이상형의 미녀와 만나지 못했던 기이브는 넓은 방에서 화로의 불꽃을 밉살스럽게 바라보고 있었다.

"속수무책이로군. 놈들이 시간을 끌고 있다는 건 분명한데, 그렇다고 뛰쳐나갈 수도 없고."

장작을 화로에 던져넣으며 엘람이 대답했다.

"무엇 때문에 시간을 끄는지 그것도 알고 싶군요."

"뭐, 어차피 남을 울리려는 악행을 꾸미는 게 분명하지만."

마치 자신은 선인인 것처럼 기이브가 말했다. 그리고 투덜거리며 카르하나 왕의 얼굴까지 들먹거렸다.

"무엇보다 그 국왕의 상판을 보라고. 극악무도와 손

을 잡고 쌍둥이로 태어난 것 같은 얼굴이잖아. 그런 놈을 활개 치게 뒀다간 세상의 여자는 모두 불행해지고 말 걸. 내버려둘 수 없어."

당장 남자들이 불행해진다 해도 기이브는 아무 생각이 없을 것이다. 그러나 아무래도 신들의 벌이 내렸는지, 이내 카르하나 왕의 사자가 찾아와 기이브는 불행에 빠지게 되었다.

방에 들어온 사자는 당장 용건을 말했다.

"국왕 폐하의 전갈이오. 파르스 사절단 분들께서는 내일 새벽까지 숙소를 나가 귀국하도록 하시오."

"돌아가라고 분부하신다면야 돌아가겠지만, 카르하나 폐하께 국서라도 받을 수 있나?"

"폐하께서는 쓸데없는 일을 싫어하시오."

"그렇다면 다시 한 번 알현을 청해봤자 어차피 소용없겠군."

기이브의 말이었다. 비아냥거려줄 생각이었지만 말에 담긴 가시는 사자의 두꺼운 낯가죽에 생채기조차 내지 못했다.

"짐작하신 그대로요. 국왕 폐하는 이미 추위를 피하시고자 별궁으로 가셨으니까. 그러면 말씀은 똑똑히 전달했소."

사자가 떠난 방에서 기이브를 비롯한 세 사람은 멍하

니 서로를 바라보았다.

"튀르크 국왕은 고맙게도 우리를 수도에서 쫓아내, 얼어 죽는 명예를 내려주실 모양이야."

"파르스와 본격적으로 싸울 각오가 됐다는 뜻일는지요."

자스완트가 눈썹을 치켜세우며 말하자 엘람이 대답했다.

"만약 파르스군이 쳐들어온다 해도 천혜의 조건으로 격퇴할 자신이 있다는 뜻이겠지요."

어쨌거나 이렇게 된 이상 귀국 채비를 서둘러야 한다. 앞으로는 시간이 지날수록 추워질 테고 눈도 많이 쌓인다. 산길 여행은 더욱 어려워질 것이다. 튀르크 국왕의 악의가 판명된 이상 눌러앉아 있어도 소용없는 일이다.

"좋아, 이번에는 얌전히 물러나 주자고."

기이브가 결론을 내렸다.

"우리가 판단하지 못해도 궁정화가 나리라면 뭔가 알 수 있겠지. 살아서 파르스로 돌아가, 될 수 있는 대로 정확한 사정을 보고하기로 하자."

기이브의 말은 당당한 정론이었다. 엘람도 자스완트도 감탄했지만 악사는 이내 사심을 드러냈다.

"아무튼 난 파르스의 멋진 여자들과 재회할 때까지 죽을 마음은 없어. 이렇게 산양 기름 냄새에 찌든 나라에서 삶을 마치기라도 했다간 파랑기스 님께 죄송하다고."

 엘람과 자스완트는 산양 기름 냄새가 별로 신경 쓰이지 않았지만, 사실 기이브는 여성 한 사람 한 사람의 체향을 보기 좋게 구분해낼 수 있는 사내다. 한번 마음에 걸리면 여성을 찬미할 심정도 위축되는 모양이었다.

 즉시 출발할 준비를 갖추게 되어 자스완트의 지시를 받은 병사들이 분주히 움직이기 시작했다. 짐을 꾸리고 말을 끌어내 세웠다. 기이브와 엘람은 화로 앞에서 대책을 논의했다.

 병사들은 특히 강건하고 기민한 자들만을 골라 데려왔다. 싸우기에 따라서는 천 명의 적도 상대할 수 있겠지만 지형과 기상 같은 요소가 큰 걸림돌이 될 것 같았다.

 "게다가 식량도 필요합니다. 바깥의 가게에서 사올까요?"

 "팔지 말라는 명령을 내린 건 아닐까."

 기이브는 우려했지만 엘람은 무사히 보리 가루며 말린 고기를 다량으로 입수할 수 있었다. 물론 이 성공은 오히려 엘람의 의혹을 부추겼다. 방심시켜놓고 귀국길에 습격할 생각은 아닐까. 그렇다면 팔아치웠던 식량도 회수할 수 있을 테니까.

 엘람의 의혹은 옳았다. 같은 시각, 히르메스는 가면군단 1천 기에 출동을 명령하고 있었다. 파르스인들을 산간에서 습격하려는 것이다. 카르하나 왕의 뜻에 따른 출동이었다.

"모조리 죽입니까, 은가면 경?"

"그럴 필요는 없다."

투란 병사의 질문에 일단 그렇게 대답하기는 했지만 히르메스는 이내 정정했다.

"아니다, 모조리 죽일 작정으로 공격해라."

파르스 병사들은 강하고, 지휘관은 장난스러운 자이기는 하지만 보통이 아닌 검사다. 몰살시킬 작정으로 싸워야 간신히 전과를 올릴 수 있을 것이다. 특히 이번에는 젊은 병사에게 실전을 경험시킨다는 목적이 있었다. 또한 투란 병사들은 평원에서의 승마 기술은 둘째 가라면 서러워할 정도지만 눈 덮인 산길에서 말을 모는 데는 익숙하지 않았다. 가면군단의 실전능력을 히르메스는 한꺼번에 확인하고 싶었다.

Ⅳ

튀르크의 산길을 따라 말을 몰며 기이브는 영 기분이 좋지 못했다. 우울하다고 할 정도는 아니지만 어쨌거나 언짢았다. 무엇을 위해 아름답고 멋진 파르스를 떠나 이런 시시한 나라까지 왔단 말인가.

카르하나 왕의 악의를 상징하듯 어두운 하늘에서는 눈이 내려왔다. 기이브는 어지간히 짜증이 났는지 회색 하늘을 우러러보며 좋지 못한 비유를 들먹였다.

"이거 못 견디겠군. 못된 여자에게 돈을 뜯긴 끝에 나쁜 병까지 옮은 것 같아."

"그런 경험이라도 있나요?"

엘람이 다소 짓궂게 물었다. 기이브는 여자에게 돈을 뜯어내는 일은 있어도 그 반대는 없지 않을까.

"일일이 토 달지 마. 비유라는 거야. 내가 여자였으면 반대로 말했을걸."

자스완트가 전방에서 말을 돌려 다가왔다. 엘람과 기이브보다 모피 옷을 한 겹 더 껴입어 둥글게 부푼 모습이었다. 갈색 얼굴이 뻣뻣하게 굳은 것은 추위 탓만은 아닌 것 같았다.

"눈치채셨습니까? 조금 전부터 이상한 집단이 저쪽 길을 따라 나아가고 있습니다. 우리와 같은 방향, 같은 속도로."

길 오른쪽은 계곡이었으며 그 건너편에도 길이 있었다. 내리는 눈 너머로 언뜻언뜻 기마의 대열이 보였다. 그 선두에서 말을 모는 기사는 보아하니 머리에 가면을 뒤집어쓰고 있는 것 같았다.

"은가면?!"

엘람은 숨을 멈추었다.

스승 나르사스에게서 히르메스 왕자가 튀르크의 객장이 되었을 가능성에 대해서는 충분히 들었다. 마음속으로 대비도 해두었다. 그래도 실제로 그 모습을 보니 역시 충격이었다. 서로의 거리는 200가즈(약 200미터) 정도. 계곡이 없다면 말을 몰아 단숨에 백병전을 벌일 수 있을 거리였다.

"어라어라, 마침내 납셨군."

이죽거리듯 말하며 기이브는 옷에서 눈을 털어냈다.

"하지만 마지막까지 젠체하며 숨어있나 싶었더니, 이 상황에서 이렇게 나타나셨단 말이지. 대체 무슨 꿍꿍이인지."

기이브는 말을 끊고, 젠체하는 동작으로 엘람을 돌아보았다.

"이봐, 엘람. 이 끔찍한 나라가 내 눈까지 나쁘게 만든 것 같아. 은가면이 몇 명씩 있는걸."

놀란 엘람은 계곡 너머를 다시 보았다. 바람이 몰아쳐 눈이 흰 장막을 펄럭였다. 그것이 가라앉았을 때 엘람은 보고 싶지 않은 광경을 보고 말았다. 기마의 대열 곳곳에 은색 가면이 둔중한 빛을 뿜어내고 있었던 것이다. 다섯까지 헤아렸다가 어리석게 여겨져 그만두었다.

"어떤 게 진짜지……?"

"어쩌면 전부 가짜일지도."

기이브의 목소리는 밝았다. 음습한 추위보다도 눈에 보이는 강적과 맞붙는 편이 기이브에게는 훨씬 바람직했다. 이 사내가 한번 활달한 전의를 품으면 백만 대군조차 이 사내를 공포에 빠뜨리지 못한다.

엘람도 적을 두려워하지는 않았다. 다만 무어라 형언할 수 없는 기분 나쁜 적이었다. 은가면을 쓰지 않은 자들도 거무스름한 두건 같은 것을 써 얼굴을 가려놓았다. 보아하니 튀르크의 정규병은 아닌 듯했지만, 그렇다면 대체 어디의 군대란 말인가. 감도 잡히지 않았다.

"방패를 오른쪽으로 돌려놔라. 화살을 쏠지도 모르니."

자스완트의 지시에 파르스 병사들은 대열 오른쪽에 방패를 세웠다. 눈은 점점 많이 내리기 시작했으며, 계곡을 끼고 양측 부대의 행진은 2천을 헤아릴 때까지 이어졌다.

그것이 끝난 것은 계곡의 폭이 현저히 좁아졌기 때문이었다. 거석 위에 목재를 짜맞춘, 아름답지는 않지만 튼튼한 다리가 걸려 있었다. 난간이 없는 그 다리를 가면의 군대가 건너왔던 것이다. 다리판을 요란하게 울리며 말 위에서 검을 뽑고 노골적인 적의와 함께 쇄도했다.

준비는 되어 있었다. 자스완트의 명령으로 파르스 병사들은 방패 뒤에 몸을 숨기면서 다리 위의 적에게 화살을 퍼부었다. 열 마리 정도 되는 말이 쓰러지면서 다리에서 추락하고 피와 눈에 휩싸여 병사들이 굴러떨어졌다. 그러나 왼쪽에서 오른쪽으로 강한 계곡바람이 몰아치는 탓에 화살의 기세가 죽어서 별다른 피해는 입히지 못했다. 백병전이 벌어졌다. 기이브의 눈앞에 은가면을 쓴 기사가 나타났다.

"……히르메스 왕자?"

대답이 돌아왔다. 목소리가 아닌 검으로. 칼집에서 빠져나오는 소리에 이어 검신이 은색 섬광을 뿜어냈다. 높고 날카로운 음향과 함께 잘 갈아놓은 금속이 충돌했다. 은가면의 참격은 기이브의 검에 튕겨났다. 잇달아 5, 6합을 겨뤄보고 기이브는 일단 검을 빼면서 말을 뒤로 물렸다.

'이 자식은 히르메스 왕자가 아니군.'

기이브는 그렇게 판단했다. 목소리를 들을 필요는 없었다. 은가면의 검세는 강렬했지만 기술은 세련되지 못했다. 히르메스 왕자라면 더 원숙하고 빈틈없는 검기를 보였을 것이다.

은가면이 맹렬히 따라붙으며 검을 휘둘렀다. 기이브는 부딪치는 칼날을 휘감으며 손목을 돌렸다. 금속성이 귀를 찌르고 은가면의 검은 주인의 손에서 벗어나 허공으로 날아갔다. 은가면도 자세가 흐트러져 비틀거리고 말 위에서 공중제비를 넘으며 눈길에 떨어졌다. 즉시 내리치려 했지만 기수를 잃은 말이 기이브의 말에 부딪혀, 그 틈에 은가면은 온몸에 눈을 묻히면서도 아군의 대열로 도망쳤다.

이때 기이브의 시선이 허공의 한 점을 노려보았다. 설산 한 곳에서 짙은 회색 구름을 향해 검은 연기가 피어나고 있었다. 무슨 일인가 생각할 틈도 없이 강풍이 연기를 날려버리고, 소용돌이치는 눈과 바람 속에서는 다시 칼부림이 이어졌다.

엘람은 다리 근처에 말을 세우고 활을 들어 다리 위의 적들을 하나하나 쏘아 떨어뜨렸다. 자스완트의 검도 좌로 우로 번뜩여 적을 마상에서 베어 떨어뜨렸다. 한동안은 적과 아군이 다리와 길의 좁은 공간에서 뒤얽혀 혼전이 이어졌다. 그리고 기이브의 검이 핏방울을 떨어뜨렸을 때.

다시 은가면을 쓴 사내가 나타났다. 말발굽으로 눈을 흩뿌리며 기이브에게 다가왔다. 고삐 놀림에는 자신감이 가득했다. 검을 들고 달려들었던 파르스 병사가 1합의 불꽃을 뿌리지도 못한 채 단칼에 눈 위에 베여 쓰러졌다. 두 번째 병사가 턱 밑에서 피의 무지개를 뿜으며 안장에서 공중제비를 넘었다. 은가면은 호흡도 흐트러뜨리지 않고 세 번째 상대와 칼을 맞부딪쳤다. 그것이

기이브였다.

 검신이 마찰해 귀를 찢는 소리와 함께 불꽃을 뿜었다. 은가면이 손목을 돌리더니 무시무시한 찌르기로 기이브의 목을 노렸다. 손목과 함께 몸을 뒤틀어 기이브는 이를 받아 흘려냈다. 다시 불꽃이 흩어지며 은가면의 표면이 이를 받아 무지개색으로 번뜩였다.

 '혹시 이놈은 진짜……?'

 전율의 얼음은 칼날이 되어 대담무쌍한 악사의 등줄기에 꽂혔다. 그러나 압도당하지만은 않는 것이 기이브의 본성이었다.

 "가슴이 아프군, 히르메스 전하. 유랑 끝에 이런 변경에서 도적으로 전락하시다니. 아르슬란 폐하께 자비를 청했다면 왕궁 문지기 정도는 시켜주셨을 것을!"

 은가면이 분노해 소리를 지른다면 정체를 알 수 있다. 그렇게 생각해 도발을 했지만 은가면은 말없이 참격을 퍼부어댔다. 베고 튕겨내는 격전이 20여 합이나 이어졌을 때, 바람 소리를 누르고 뿔피리 소리가 울려 퍼져 계곡에 맴돌았다. 여기에 말발굽 소리가 겹쳐졌다. 질주해 달려오는 기마의 무리. 그 선두에서는 까만 깃발이 펄럭이고 있었다.

 "조트의 흑기다!"

 엘람이 외쳤다. 자기 자신의 놀라움과 기쁨을 그는 아

군 병사들에게도 전했다.

"봐라, 조트족이 우리를 구하러 왔다! 원군이 왔다!"

환성이 터져 바람을 타고 계곡을 내달렸다.

실제로 흰색과 회색이 지배하는 이 세계에서 눈바람에 펄럭이는 검은색 깃발은 파르스 병사들에게는 신들이 입는 성스러운 의복처럼 보였다.

가면의 부대는 당황했다. 그들은 투란인이므로 조트족이라는 이름은 모른다. 그러나 통솔이 잘된 표한한 전사의 무리임은 일목요연했다.

기이브는 깨달았다. 조금 전 눈보라 치던 하늘에 피어나던 까만 연기는 조트족이 튀르크군의 요새에 불을 질렀기 때문에 일어난 것이었다. 이것이 우연일 리 만무했다. 아르슬란 폐하나 나르사스 경이 미리 책략을 써 두었음이 분명하다.

조트의 흑기를 든 1기가 달려왔다. 그 옆에서 나란히 달리는 1기는 마상에 활을 눕혀놓고 가면 군대와 엇갈려 지나가며 근거리 사격으로 잇달아 상대를 쓰러뜨렸다. 기이브 못지않은 기량이었으며, 매우 언짢아하는 그 젊은 얼굴은 엘람도 본 적이 있었다. 조트족을 이끄는 메르레인이었다.

이 젊은이에게는 매우 고집스러운 면이 있어서 여전히 '자신은 임시 족장'이라는 태도를 무너뜨리지 않았다.

그의 말에 따르면 여동생 알프리드야말로 여자이면서 족장이 되어야 하는데, 왕도에 눌러앉아 궁정화가와 결혼하네 마네 영 결론을 짓지 못하고 있으니 어쩔 수 없이 그가 빈자리를 메꿔 일족을 통솔하고 있다는 것이다.

 말을 걸려 하던 엘람에게는 눈길도 주지 않고 메르레인은 혼전의 소용돌이를 기마로 찢어발겼다. 기이브와 승부를 내지 못한 채 은가면이 인마의 파도에 휩쓸려 멀어져갔다. 메르레인은 화살을 쏘았다.

 화살은 한풍을 가르고 날아가 은가면이 탄 말의 머리에 명중했다. 비통한 울음소리와 함께 눈안개를 일으키며 말이 쓰러졌다. 메르레인은 해치웠다고 생각하고 활을 버린 후 검을 뽑아 자신의 말을 몰았다. 말발굽 좌우로 눈을 흩뿌리며 낙마한 적에게 육박했다. 은가면 사내는 4년 전에 메르레인의 아버지 헤이르타슈를 죽였던 원수였다. 정체가 왕자가 됐든 외국인이 됐든 메르레인에게는 상관이 없었다.

 그러나 메르레인의 검이 은가면에게 닿기 직전 옆에서 참격이 날아들었다. 격렬한 1합 직후 메르레인은 자신도 모르게 소리를 지르고 말았다. 은가면을 지켜낸 상대는 역시 은가면이었기 때문이다.

 "이게 무슨 촌극이냐!"

 메르레인이 고함을 지르는 사이에 혼전은 썰물이 빠

져나가듯 종식되었다. 가면군단은 말을 몰아 지상에서 아군의 전사체를 들어 올리더니 다리를 건너 퇴각했다. 물론 파르스군은 쫓지 않았다.

검을 칼집에 거두고 기이브가 고맙다고 인사하자, 메르레인은 별로 대단치도 않다는 투로 대꾸했다.

"궁정화가 나리의 부탁을 받았거든. 그대들보다 열흘 늦게 국경을 넘었지. 이번에는 정규군을 움직일 수 없다고 해서."

"하긴, 지당한 말이야."

기이브는 이해했다. 정규군을 튀르크 국내에 침입시키면 이래저래 문제가 생긴다. 조트족이 멋대로 국경을 넘어왔다고 하면 외교적으로는 변명이 된다. 설령 사실이 뻔히 보인다 해도 이 경우에는 모양을 차려두는 편이 좋다.

아군의 피해를 조사해보니 300명의 병사 중 전사 21명, 중상 13명, 경상 80명이 나왔다. 격전이었던 것치고 적은 희생으로 끝났던 것은 얄궂게도 추위 덕이었다. 갑주 위에 추가로 껴입은 모피가 적의 칼날이며 화살을 막아주었던 것이다. 자스완트 같은 사람은 추운 나머지 옷을 너무 껴입어 움직임이 둔해진 탓에 열네 곳이나 베였지만 경상 하나로 그쳤다. 결과적으로는 손해도 이득도 없었다고 할 수 있다. 전사자는 눈 속에 묻어두고 유발遺髮만을 취해 조국에 가지고 돌아가기로 했다.

  조트족을 더해 500명 남짓으로 증강된 파르스군은 중상자를 보호하며 재빨리 철수했다.

  가면군단도 반 파르상(약 2.5킬로미터) 정도 떨어진 산속에서 손해를 헤아려보고 부대를 재정비했다. 이 이상 파르스 병사들을 쫓아갈 필요는 없었다. 귀국한 그들은 가면군단에 대해 이야기할 테고, 파르스군은 그들의 정체에 대해 당혹스러워할 것이다.
"조금 전에는 도와주어 고맙다."
  히르메스가 말한 상대는 젊은 투란 기사였다. 옆구리에 은가면을 끼고 맨얼굴을 찬바람에 드러낸 채 눈 위에 한쪽 무릎을 꿇고 있다. 20세도 되지 않은 것 같았다. 갑주에 묻은 붉은 반점은 파르스 병사들에게서 튄 피여서 그가 얼마나 용감하게 싸웠는지를 보여주었다.
"이름은 무엇이라 하나."
"브루한이라 합니다."
  히르메스는 그를 에워싼 투란인들이 약간 냉담한 표정을 짓는 것을 알아차렸다. 칭송을 받는 자에 대한 질시는 아닌 것 같았다. 무언가 사정이 있으리라 생각하고 물어보니 젊은이가 고백했다. 그의 형은 짐사라고 하는데, 투란의 용장 중 한 명으로 꼽히는 자였다고 한다.

"저희 형은 못난 자입니다. 파르스인들의 간계에 빠져 아군을 대패로 이끌고 자신은 행방을 감추었지요. 믿을 수 없는 일이지만 뻔뻔하게 파르스의 궁정에 있다고 들었습니다. 저는 미숙하고 재주도 없지만 은가면 경 밑에서 무훈을 쌓고, 나아가서는 파르스 샤오를 쳐 형의 오명을 씻고 싶습니다."

서툰 파르스어가 히르메스의 기억을 일깨워주었다. 튀르크의 수도 헤라트에서 파르스군에게 보복할 수 있느냐고 물었던 목소리였다. 원래부터 그리 말을 잘 하는 젊은이인 것 같지는 않았지만 이제까지 어지간히 하고 싶은 말을 꾹 참고 있었던 모양이었다. 히르메스는 크게 고개를 끄덕이며 젊은이를 격려했다.

"잘 알았다. 앞으로의 활약을 기대하겠다."

그리고 히르메스는 투란 병사 일동에게 형의 죄를 동생에게 갚게 하려는 태도를 삼가도록 명령했다. 브루한은 감동했는지 더 깊이, 눈밭에 머리카락이 닿을 정도로 머리를 숙였다.

V

미스르의 겨울은 튀르크인이 보기에는 도저히 겨울이

라고 할 수도 없다. 북방의 바다에서 바람이 불어오기는 하지만 난류 위를 부는 바람이라 몸을 에는 추위는 아니다. 하늘은 청금석색으로 맑게 개고 들판은 상록수의 잎에 뒤덮여 항상 녹음이 있다. 미스르를 부러워하지 않는 사람들은 신두라인 정도밖에 없을 것이다. 그래도 역시 옷소매는 길어지고, 집에서는 난로에 불을 땐다.

왕궁 깊숙한 곳의 한 방에서 미스르 국왕 호사인 3세가 어떤 인물에게 말을 걸고 있었다.

"어떤가, 히르메스 경."

그렇게 불린 사내는 넓고 화려한 침대에 누워 있었다. 온 얼굴에 붕대를 감았으며 두 눈과 콧구멍, 입 부분만이 공기 속에 드러나 있었다. 호사인 3세를 향해 시선이 움직이고, 입도 움직였지만 목소리는 나오지 않았다. 호사인 3세는 딱히 대답을 바랐던 것도 아니었는지 지참한 나무 상자를 침대 옆에 놓아두고 뚜껑을 열었다.

"그대를 위해 이것을 준비시켰네. 파르스의 왕관을 머리 위에 얹을 때까지는 이것이 그대가 써야 할 물건일세."

미스르 국왕 호사인 3세가 상자에서 꺼낸 것, 그것은 머리 전체를 뒤덮는 가면이었다. 황금으로 만들었으며 호사인 3세의 손바닥 사이에서 찬연히 빛났다.

"풍문으로 들으니 히르메스 경은 과거에 은색 가면을 쓰고 전장을 질주해 파르스군과 루시타니아군의 간담을 서늘케 했다지. 이번에는 황금 가면으로 왕의 위광을 드러내고 참왕 아르슬란을 공포에 빠뜨리게나."

은보다도 황금이 뛰어나다는 논리다. 이런 면에서 호사인 3세의 미적 감각은 매우 속물스러웠다. 나르사스나 기이브가 들었다면 코웃음을 쳤을 것이다. 그러나 호사인 3세에게는 나름대로의 생각이 있었다. 어차피 진짜 히르메스가 썼던 은가면과 완전히 똑같은 것을 만들지는 못한다. 실물을 본 미스르 사람이 없기 때문이다. 그렇다면 아예 철저하게 연극처럼 해버리는 것이다. 어차피 이것은 가짜에게 파르스의 왕위를 주어 미스르 왕가의 혈통으로 파르스를 차지하려는 거대한 연극이니까.

'히르메스 왕자'는 붕대 틈으로 황금 가면을 바라보았다. 두 눈은 끓어 넘치는 도가니처럼 야심과 갈 곳 없는 분노를 뿜어내는 것 같았다. 그는 짧은 신음 소리를 내더니 두 손을 내밀어 황금 가면을 받아들었다.

호사인 3세는 병실을 나갔다. 자신이 '히르메스 왕자'를 완전히 지배했음을 확인한 것이다. 만족스러웠다. 그러나 '히르메스 왕자'가 건강하게 활동하려면 앞으로 열흘은 걸린다. 그때까지는 국왕으로서 여러 가지 정무를 처리해야만 한다. 그에게는 여덟 명의 왕비가 있으며 그녀들을 공평하게 다루는 것도 국왕의 의무였다.

열 장 정도 되는 조서詔書를 읽고 서명한 후, 호사인 3세는 알현실에서 60명 정도의 남녀와 만나 선물을 받기도 하고 진정을 듣기도 했다. 그중 기묘한 손님이 하나 있었다. 근골이 다부진 사내로, 수염이 많았지만 아직 젊은 것 같았다. 그 사내는 자신이 파르스인이라고 하더니 생각지도 못한 말을 들려주었다.

"소인은 잔데라고 하는 자로, 부자 2대에 걸쳐 히르메스 전하를 모셨습니다. 전하께서 파르스를 떠난 후로 저도 여러 나라를 방랑했습니다. 이번에 히르메스 전하가 미스르의 객장으로 체류 중이시라는 말을 듣고 이렇게 달려왔습니다."

미력하나마 히르메스 전하를 돕고 싶다, 한번 뵐 수 있겠느냐고 말하며 잔데라는 파르스인 청년은 이마를 바닥에 조아렸다. 호사인 3세는 표정으로도 말로도 이 청년의 히르메스에 대한 충성심이 거짓이 아님을 알아보았다. 감동하지는 않았다. 혀를 차고 싶었지만 호사인 3세는 간신히 참았다. 이런 충신이라면 '미스르의 히르메스 왕자'가 가짜임을 간파할 것이 아닌가. 기껏 세운 모략이 무너질 수도 있다.

죽여야겠어.

그런 결의가 호사인 3세의 가슴에 솟아났다. 그러나 위병들에게 명령하기 직전에 더욱 교활한 생각이 번뜩였다. 호사인 3세는 헛기침을 해 목소리와 호흡을 가다듬고는, 머리를 들려 하는 잔데에게 말했다.

"그대의 충성심이 갸륵하네. 히르메스 공도 참으로 든든하겠군. 이거 참, 짐도 히르메스 공처럼 부하 복이 있으면 얼마나 좋을지."

"그러면 전하를 만나도 되겠습니까?"

눈을 빛내는 잔데에게 호사인 3세는 손을 들어 만류하고는 무겁게 말했다. 히르메스 왕자는 며칠 전 뜻밖의 사고를 당해 얼굴에 상처를 입었으며, 원래 화상이 있던 곳이라 얼굴 그자체의 상처는 그리 크지 않다, 그러나 부상이 성대에까지 미쳐 신음 소리밖에 나오지 않게 되었다, 한동안 치료와 요양이 필요하니 면회를 시킬 수는 없다, 열흘 정도면 만날 수 있을 테니 한동안 객관客館에서 대기하라. 그런 이야기였다.

"가슴이 아프군요. 전하의 치료를 부디 잘 부탁드립니다. 이 은혜는 잊지 않겠습니다."

눈물을 흘리며 잔데가 애원했다. 호사인 3세는 동정을 담아 고개를 끄덕이고, 시종에게 명령해 잔데를 객관으로 안내시켰다.

국왕의 곁에서 침묵하고 있던 마시니사 장군이 목소리

를 낮춰 진언했다.

"저자를 살려두어서는 안되겠습니다. 오늘 밤에라도 소인이 병사를 끌고 가 객관에 불을 지를까요?"

"누가 그런 명령을 했나. 쓸데없는 짓 말게."

"예. 그렇기는 하오나······."

"저 파르스인은 도움이 될 게야. 뭐, 잠자코 지켜보게. 경거망동은 용서하지 않겠네."

마시니사는 약간 불만스레 퇴실했다. 호사인 3세는 다시 몇 명의 알현을 마치고 그날의 정무를 끝냈다.

호사인 3세는 잔데의 충성심을 이용할 생각이었다. 말을 하지 못하는 가면 사내를 잔데는 히르메스 왕자라 믿고 충성을 다할 것이다. 그리고 오랜 충신이 섬기는 모습은 가면의 사내가 진짜 히르메스 왕자라는 말에 신빙성을 더해준다. 호사인 3세에게는 바라지도 않았던 기회였다.

'언젠가는 저 잔데라는 사내가 진실을 알아차릴지도 모르지. 그때 죽이면 된다. 지금 히르메스 왕자의 충신을 죽이면 쓸데없는 의혹을 초래할 테니.'

호사인 3세는 옥좌에서 일어나 개인실로 걸어가기 시작했다. 분명 오늘 밤은 두 번째 왕비와 저녁을 먹고 그 후 침실에 들 예정이었다. 두 번째 왕비는 한때 아름다우며 재기가 뛰어났지만 요즘은 군살과 질투심이 늘어나 다루기가 영 어려워졌다. 솔직히 별로 내키지는 않았지만 다른 왕비와 마찬가지로 사랑해주어야만 한다. 국왕의 사생활도 상당히 힘든 것이다.

VI

파르스 샤오의 궁정화가이자 부재상인 나르사스 경이 무언가 생각에 잠겨 있었다. 왕궁은 신년 축제 준비로 바빴으나 식전의 실무는 나르사스가 맡은 일이 아니었으므로 그는 오히려 한가했다. 그래서 왕궁 내의 자기 방에서 그림 도구를 펼쳐놓고 화폭에 붓을 놀리고 있었지만, 어딘가 마음은 다른 곳에 있는 것 같았다. 마찬가지로 한가했던 알프리드가 점심식사를 만들어 가져왔다. 알프리드의 요리는 적어도 나르사스의 그림보다는 월등히 낫다는 것이 다륜의 평가였다. 잔소리가 많은 엘람이 외국에 간 동안 알프리드는 나르사스를 보필할 생각이었다.

"나르사스, 무슨 생각을 그렇게 해? 엘람이라면 걱정할 것 없어. 대여섯 번 죽이기 전까진 죽지도 않을 애니까."

"아니, 걱정할 정도면 보내지도 않았지. 다른 생각이었어."

나르사스가 들려준 말은 아주 옛날에 정리가 된 줄로

만 알았던 왕묘 도굴 건이었다.

"아무래도 요즘 자꾸 마음에 걸려. 무언가 중요한 일을 잊어버린 것 같은."

"그래도 흙만 조금 파냈을 뿐이고 관에는 손도 대지 않았다며."

"그래. 관 표면에는 아무것도 없었지. 하지만 관 내부는 어땠을까. 안드라고라스 왕의 시신은 정말로 무사할까?"

알프리드의 얼굴에 불안이 날개를 펼쳤다. 이를 보고 나르사스가 쓴웃음을 지었다.

"어리석은 생각이지. 내가 대체 무슨 고민을 하고 있는 거람."

"그러게. 나르사스답지 않아."

그때 마찬가지로 한가했던 다륜이 찾아왔다. 나르사스의 그림을 한번 보러 온 것이다.

"호오, 새로운 그림인가? 내 제목을 맞춰보지. '혼돈' 아닌가?"

"아직 안 정했어."

"그것 말고는 달리 없을 것 같은데."

그 말을 들은 순간 나르사스는 붓을 떨어뜨리더니 아연실색해 허공을 노려보았다. 의아하게 여긴 다륜이 바닥에 떨어진 붓을 주워주며 왜 그러냐고 물었다. 그림

험담을 들은 정도로 나르사스가 망연자실할 리가 없다. 매우 긴 침묵을 거쳐 신음하듯 나르사스는 입에서 목소리를 밀어냈다.

"……당한 건지도 몰라."

"자네가 당해? 그게 무슨 소리인가."

"무언가가 머리 한구석에 걸려 있었어. 그 정체를 겨우 알아냈네. 가다크(지행술地行術)였어."

"가다크? 뭔가, 그게?"

나르사스는 설명했다. 그것은 아르슬란 왕태자 일행이 합계 모두 6명밖에 안 되었으며, 페샤와르 성새를 향해 위험한 여행을 하던 때였다. 카샨 성새를 나온 후 동료들과 떨어진 나르사스는 혼자 말을 타고 가다 조트족 소녀 알프리드와 만났다. 함께 여행을 하던 중 사람이 모두 죽은 마을에서 하룻밤을 묵어갔다. 그 마을에서 기괴한 마도의 기술을 사용하는 인물과 싸워 쓰러뜨렸다. 그 인물은 땅속을 자유로이 돌아다니는 비술 '가다크'를 사용해 마을 사람들을 몰살시켰던 것이었다.

"생각났어. 그거 진짜 기분 나쁜 기술이었지."

늘 활달한 알프리드가 으스스하다는 듯 목을 움츠렸다. 다륜이 눈살을 찡그렸다. 나르사스는 벌떡 일어나 겉옷을 들었다.

"가다크를 익힌 자가 또 있다면 땅속에서 관을 파괴

하는 것도 가능하겠지. 관을 땅 위로 파낼 필요도 없어. 왕묘관리관은 관이 계속 지하에 묻혀 있었으니 그 이상은 조사하지도 않았던 거야."

나르사스는 황급히 젊은 샤오의 어전으로 갔다. 최대한 조용한 어조와 표현을 쓰기는 했지만, 그가 부탁한 내용은 결국 왕묘를 파헤쳐야겠다는 것이었다. 아르슬란이 놀라 대답을 망설인 것도 당연했다. 그러나 망설이기는 했어도 나르사스에 대한 신뢰가 더 컸다. 아르슬란은 직접 펜을 들어 왕묘관리관 필다스 앞으로 서한을 썼다. 나르사스, 다륜, 알프리드는 즉시 왕묘로 말을 몰아 달려갔다.

왕묘를 파내라는 말에 필다스는 깜짝 놀랐지만, 칙명이었다. 즉시 50명의 병사를 동원하고, 신관에게 죽은 이의 넋을 위로하는 문언을 읊게 하며 작업을 시작했다.

이리하여 다륜, 나르사스, 알프리드, 필다스 네 명의 고관이 입회한 가운데 안드라고라스 왕의 묘가 파헤쳐졌다.

"저주라도 내린다면 내가 다 받을 테니 걱정하지 마라."

다륜은 병사들을 격려하며 자신도 도구를 들어 흙을 팠다.

열심히 했다기보다는 기분 나쁜 작업을 빨리 끝내고

싶다는 병사들의 마음 탓인지 관은 의외로 빨리 나왔다. 잠시 호흡을 가다듬고, 나르사스는 관에 손을 대 뚜껑을 열었다.

관은 비어 있었다. 그리고 관 밑바닥에는 커다란 구멍이 뚫려 있었다. 구멍은 어두운 흙 속으로 이어졌지만 부드러운 흙이 구멍을 메워 어느 방향으로 얼마나 길게 뻗어나갔는지는 확인할 수 없었다. 왕묘관리관 필다스는 반쯤 정신을 잃어 구멍에 빠질 뻔해 나르사스가 재빨리 붙들었다.

"쯧."

다륜이 세게 혀 차는 소리를 냈다.

"겨울바람 탓이라고 생각했지만, 내가 이렇게 한기를 느낄 줄이야."

다륜이 슬쩍 목을 움츠렸다. 구름의 흐름이 빠르고 빛과 그림자가 바쁘게 지상을 헤맸으며 북풍이 묘지에 휘몰아쳐 심상찮은 분위기가 들었다. 늘 활달한 알프리드도 좌우에 나르사스와 다륜이 있다는 것이 매우 든든했다. 그녀 혼자였다면 정신없이 도망쳤을 것이 분명했다.

"묘 위에서 소란을 피웠던 것은 묘 아래에서 무슨 일이 일어나는지를 감추기 위해서였군. 하지만 처음부터 소란을 떨지 않았다면 무슨 일이 일어났는지도 영원히 몰랐을 텐데?"

다륜이 의아해하자 반쯤 자조하듯 나르사스가 대답했다.

"언젠가는 알려질 거라 생각했기 때문이겠지. 당분간만 시간을 벌면 됐던 거야. 실제로 내가 어리석은 탓에 두 달 가까이 놈들에게 시간을 주고 말았지."

"놈들이라니, 대체 그게 누구야?"

알프리드의 물음은 당연한 것이었지만 나르사스는 그 말에는 대답할 수 없었다. 지상의 일이라면 나르사스는 어떤 어려운 문제에도 대답할 수 있다. 천상의 일은 신관이 대답해야 한다. 그러나 지하의 일이 되면 감도 잡을 수 없었다.

"어쨌거나 폐하께 보고를 드려야겠지."

생각의 미로에 빠져드는 위험을 피하고자 다륜이 말해 나르사스와 알프리드를 채근했다. 필다스 경에게 뒤처리를 부탁하고 병사들에게는 엄중히 함구령을 내렸다. 그리고 세 사람은 다시 말에 올라타 왕도 엑바타나로 달려갔다. 도중에 '샤브카밀(검고 거대한 날개)', 다시 말해 밤이 지상에 내려와 알프리드는 왕도 문을 지날 때까지 형언할 수 없는 불안을 씻을 수가 없었다.

나르사스를 비롯한 세 사람이 궁정을 비운 동안 아르

슬란은 놀고만 있을 수는 없었다. 문관 대표인 재상 루샨, 무관 대표인 에란 키슈바드와 함께 국정을 처리하고 있었다. 아무리 왕이 마음을 다하고 선정을 베풀어도 문제는 일어난다. 이날 아르슬란을 난처하게 만들었던 것은 가난한 평민이 해방노예와 극심하게 다투었다는 사건이었다. 법적인 처리는 간단히 끝났으나 배경에 대해 생각을 하게 만들었다.

일부 가난한 평민들에게 굴람 제도 폐지는 기분이 좋지 못한 것이었다. '우리보다도 비참한 놈들 덕에 안심할 수 있었는데 다들 평민이 되고 말았으니 기분이 나쁘다'는 심리였다. 잘못된 생각이지만 인간의 마음 중 가장 어두운 부분에 뿌리를 둔 심리이므로 타일러도 좀처럼 효과가 없었다. 해방노예 주제에 거들먹거리고 다닌다고 생각하면 주먹을 날리고 싶어지는 것이다. 물론 당하는 쪽이 잠자코 있어주어야 할 의무는 없다.

"인간의 마음만큼 성가신 것도 없구나. 그걸 사회제도가 조장해왔지. 인간의 마음에까지 파고들지 말라고 나르사스는 말했지만……."

아르슬란의 스승인 나르사스는 '국왕이란 민중에게 봉사해야 하는 존재'라고 가르쳤지만, 민중을 신성화하지도 않았다.

『민중은 이익을 추구하는 법입니다. 폐하께서 그들에

게 이익을 주는 한 민중은 폐하를 지지할 것입니다.』

 나르사스의 말에는 양면성이 있었다. 민중의 이기성에 아첨만 해서는 정치를 할 수 없다. 아첨하지 않고도 그들의 생활을 안정시키고, 교육제도를 정비하고, 학교를 지어 인신매매와 굴람 제도가 왜 나쁜지를 가르칠 수는 있고, 또한 그래야만 한다. 아르슬란은 과거에 배웠던 문장을 문득 떠올렸다.

 『왕의 야심이란 배와 같은 것이다. 역사의 흐름을 거스르려 하면 뒤집어져 여기에 탔던 사람들을 물속에 내팽개치고 만다. 권력이 강할수록 해악은 커진다.』

 "야심이라……."

 아르슬란의 야심이란 무엇일까. 그는 왕가의 혈통을 잇지 않고 샤오가 되었다. 여러 나라의 역사에서 효웅이라 불릴 만한 인물이 무용이나 권모를 한껏 휘둘러 죽음과 증오를 흩뿌리고 수십 년에 걸쳐 겨우 달성해낸 목표다. 그것을 아르슬란은 열다섯 살에 얻어버렸다. 그렇기에 그는 타인의 종착점에서 출발해 멀고도 높은 봉우리를 추구해야만 한다.

 "아, 맞아. 구라즈에게서 사자가 왔습니다."

 키슈바드가 알렸다. 구라즈는 항구도시 길란의 해상상인이었다. 지용담략智勇膽略을 골고루 갖추었다고 해도 과언이 아닌 사내로, 화술도 능수능란했다. 자기 자신이나 부하가 해로에서 경험하거나 혹은 보고 들은 것들을 기록으로 남기고 아르슬란에게도 들려주어, 아르슬란은 그의 이야기를 듣는 것을 늘 기대했다.

구라즈는 사실상 파르스의 해군 사령관이었으며 해상 첩보의 책임자였다. 길란 항구에 대해, 외국의 정세에 대해, 기후나 기상의 변화에 대해, 해적들의 동정에 대해 온갖 정보가 구라즈에게 모여든다. 파르스인들은 파르스어가 외국에서도 통하므로 외국의 언어를 좀처럼 배우려 하지 않는 나쁜 버릇이 있지만 구라즈나 그의 부하들은 여러 외국어를 자유로이 구사해 장사를 하며 정보를 모으는 것이다.

그런 구라즈가 심복부하 루함을 통해 보고서 하나를 가져왔다. 루함은 신두라의 산호 세공품과 함께 구라즈의 보고서를 젊은 샤오에게 올렸다. 그 보고서에 따르면 바로 며칠 전 미스르 국왕의 사자가 해로로 신두라를 방문해 동맹을 청한 것으로 보이며, 하지만 신두라 라자 라젠드라 2세는 선물만 받았을 뿐 미스르의 사자를 쫓아냈다고 한다.

"라젠드라 님에게서는 딱히 아무 말도 없었는데……."

"그분이 또 무언가 잔꾀의 점토를 빚어 이해타산이라는 상을 만들어내려는 모양입니다."

그 목소리에 아르슬란은 얼굴에 웃음을 지으며 돌아보

았다. 다륜이 왕궁에 돌아온 것이다. 뒤를 이어 나르사스와 알프리드도 입실했다.

다륜 일행도 보고할 것을 가져왔다. 하나는 왕묘에 관한 일이었다. 누군가가 안드라고라스 왕의 관을 파괴하고 시신을 가져갔다는 것이었다. 그 보고에 아르슬란은 흠칫 숨을 멈추었다. 재상 루샨이나 에란 키슈바드도 말없이 보고를 듣고 있을 뿐이었다.

보고를 다 듣고 아르슬란은 우선 일동에게 말했다.

"왕묘관리관 필다스에게는 죄가 없다. 그를 책망하지 마라."

"속히 전달해 안심시키도록 하겠습니다."

젊은 샤오의 배려를 기쁘게 여기면서 다륜이 대답했다. 아르슬란은 잠시 간격을 둔 후 다시 말했다.

"사태가 마도에 얽힌 일이 되면 우리에게는 지식이 너무나도 부족하네. 조만간 파랑기스를 불러 함께 의논하지. 좋은 방법을 생각해줄 테니. 그때까지 이 건은 덮어두도록 하세."

호상제에서 있었던 일에 대해 아르슬란은 보고를 받아놓았다. 파랑기스를 힐문할 생각은 없었다. 그는 한 번 신뢰한 부하를 함부로 의심하는 짓을 결코 하지 않았다. 그것이 엄청나게 큰 미점이며, 다소의 재기나 무용 따위는 문제가 되지 않는 장점임을 다륜도 나르사스도 잘 알고 있다.

멋들어진 수염을 쓰다듬으며 키슈바드가 탄식했다.

"내년은 매우 힘든 한 해가 될지도 모르겠습니다."

아르슬란은 웃었다.

결코 사태를 얕잡아 보는 것은 아니지만, 왕태자 시절의 체험이 젊은 샤오에게 여유를 가져다주었다. 생명의 위기에 몇 번이나 직면했는지를 헤아려보다 어리석게 여겨져 그만두었을 정도였다. 원래 목숨도 왕위도 바라지 않던 것이라고 생각하면 공포나 불안보다도 희망이 더 컸다.

"또 한 가지 보고드릴 것이 있습니다. 기이브 일행이 무사히 국경을 넘었다는군요. 신년제가 끝난 뒤가 되겠지만 기대하시고 기다려 주십시오."

나르사스가 알린 낭보에 아르슬란은 기뻐하며 고개를 끄덕였다.

Ⅶ

네 개의 그림자가 어스름 속에 도사리고 있었다. 왕도 엑바타나의 지하에 펼쳐진 좁은 이형의 세계였다. 가느다란 램프 불빛이 일렁여 통풍구가 있음을 알려주었다. 그 바람은 독기를 머금고 지하를 맴돌아 공포와 독을 뚝

뚝 떨어뜨리고 돌아다녔다.

4년 전 이곳에는 여덟 개의 그림자가 있었다. 그로부터 1년 사이에 인원이 반감했다. 죽은 넷은 모조리 아르슬란과 그의 부하들에게 살해당했다. 해방왕의 치세에서 생존자들은 지하에 몸을 숨기고 증오를 양식으로 삼아 때가 오기만을 기다렸다. 그 순간이 바야흐로 다가오고 있었다. 그러나 네 사람 사이에는 생각지도 못한 균열이 발생한 것 같았다. 한 사람이 힐문하는 목소리를 냈다.

"구르간, 몰랐단 말인가. 그 카히나에 대해."

"그 여자, 예전에는 머리를 짧게 했다. 그나마 10년도 더 지난 이야기이니."

구르간은 대답했지만 자신을 정당화하기에는 힘이 부족한 목소리였다. 그의 동료들은 음산한 시선을 나누었다. 그중 한 사람이 질문인지 불평인지 모를 어조로 말했다.

"그대의 죽은 형이 사신 미스라를 섬기던 신관이었음은 알았지만……."

미스라는 파르스 신화에 등장하는 신들 중에서도 가장 존경받는 신이다. 계약과 신의의 신이며 수호신이기도 하다. 그러나 사왕 자하크를 신앙하는 마도사들에게는 미스라도, 미의 신 아시도, 그 외의 모든 신들이 다 사신이었다.

괴로워하며 구르간이 고개를 끄덕였다.

"분명 형은 거짓된 신을 섬겼다. 심지어 잠시드나 카이 호스로 따위 사교도들을 존경하기까지 했지. 그러나 나는 다르다. 형이 응보를 치러 죽은 후 나는 올바른 길로 돌아와 그대들과 함께 존사님을 섬기지 않았나."

"그랬지. 우리는 함께 올바른 길에 귀의한 몸이다."

동료들의 목소리는 의미심장한 감정을 머금었다. 적어도 구르간의 귀에는 그렇게 들렸다. 원래 창백했던 얼굴에 식은땀을 맺으며 구르간은 고독한 심문을 견뎌냈다.

"구르간, 그대를 신용해도 되겠지."

새삼 동료들에게 혹독한 질문을 받아 구르간은 바짝 마른 목소리로 말했다.

"만일 내가 사왕 자하크 님이나 동지들을 배신하는 행위를 저질렀다면 산 채로 불에 타고 뇌를 구더기에게 먹히며 뼛조각까지 저주를 받더라도 상관하지 않겠다. 나를 믿어다오."

"……좋다."

동료들은 고개를 끄덕였다. 그들에게도 이 이상 동료를 잃는 것은 바람직하지 않았다. 만일 구르간이 배신하거나 변심했다면 즉시 사왕이나 '존사'의 분노가 떨어져 그를 고통과 모욕 속에 처박아 가장 잔혹한 죽음을 내려주었을 것이다.

구르간을 포함해 네 사람의 마도사는 소리도 없이 일어났다. 이제부터 매우 중대한 의식을 치러야만 했다. 사왕 자하크의 재림에 앞서 그들의 '존사'를 명계에서 불러내야 하는 것이다.

"안드라고라스의 자식놈은 3년에 걸쳐 세상의 봄을 구가했다. 이젠 충분하겠지. 다음에는 놈과 놈의 신민이 천 년의 겨울에 괴로워할 차례다."

그들이 보기에 아르슬란은 어디까지나 '안드라고라스의 자식'일 뿐이었다. 사왕 자하크를 추방한 것은 영웅왕 카이 호스로였으며 그 자손이 바로 파르스의 구 왕가였다. 아르슬란이 구 왕가의 일원이 아니라면 자하크의 신도들에게는 복수의 대상이 아니라는 뜻이 되고 만다. 마도사들의 일그러진 증오에는 복수의 정당성이 필요했다. 그러므로 아르슬란은 여전히 '안드라고라스의 자식'이라 불리는 것이다.

마도사 중 하나가 별실에서 무언가를 밀어 가져왔다. 바퀴가 달린 침대였다. 한 사내가 그 위에 누워 있었다.

그것은 3년 전에 행방불명된 투란 카간 일테리시의 몸이었다. 살았다고도 죽었다고도 할 수 없었다. 표정도 근육도 딱딱하게 얼어붙어 밀랍으로 만든 인형 같았다.

그 모습이 침대에 드러누운 채 마도사들에게 에워싸여 또 다른 방에 실려가자 문이 닫혔다. 어둠과 침묵만이 남았다.

 카히나 파랑기스는 왕궁 내의 자기 방 노대에 서 있었다. 손에 든 수정 피리를 만지작거리며 묵묵히, 한밤의 어둠 저 너머로 시선을 방황시키고만 있었다.
 파르스력 324년 12월 말. 은청색 반달이 카히나의 우아한 모습을 비추며 상공에서 기울어지기 시작했다.

아르슬란 전기 8

2015년 10월 14일 제1판 인쇄
2015년 10월 30일 제1판 발행

지음 다나카 요시키 | **일러스트** 야마다 아키히로 | **옮김** 김완

펴낸이 임광순 | **제작 디자인팀장** 오태철
담당편집자 황건수
편집1팀 황건수 · 정해권 · 오상현 · 김동규 · 신채윤
편집2팀 유승애 · 배민영 · 권소현 · 박예슬
디자인팀 박진아 · 정연지 · 박창조
국제팀 노석진 · 엄태진 | **마케팅팀** 김원진

펴낸곳 영상출판미디어(주)
등록번호 제 2002-000003호
주소 21311 인천광역시 부평구 평천로 132 (청천동)
전화 032-505-2973(代) | **FAX** 032-505-2982

ISBN 979-11-319-3625-2
ISBN 979-11-319-0376-6 (세트)

アルスラーン戦記8仮面兵団 (ARSLAN SENKI SERIES VOL.8 KAMEN HEIDAN)
ⓒYoshiki Tanaka 2015
Illustrations copyright ⓒ Akihiro Yamada 2015
Korean translation rights arranged with KOBUNSHA CO., LTD.
through Japan UNI Agency, Inc., Tokyo and KOREA COPYRIGHT CENTER, Seoul

이 작품의 한국어판 저작권은 KOBUNSHA와 독점 계약한 영상출판미디어(주)에 있습니다.
저작권법에 의해 보호를 받는 저작물이므로 무단전재 및 복제를 금합니다.

이렇게나 빠르게 인생은 붕괴해간다.
잔혹한 진실이, 우리의 모든 것을 끝장내고 말았다.

현대판 로미오와 줄리엣의 잔혹하고 덧없는 사랑 이야기, 제3막

노블 칠드런의 단죄

미나미 고등학교 「연극부」에 소속된 '마이바라 토키'와 「보건부」에 소속된 '치자쿠라 미도리하'. 결코 어울려서는 안 되는 두 사람의 마음이 영혼을 찢는 이별을 계기로 통하게 된다.
하지만 원수 같은 관계인 마이바라와 치자쿠라, 양 가문의 집요한 규탄이 기세를 올리면서 기묘한 온기로 가득했던 두 사람의 행복한 시간은 길게 이어지지 않았다. 그렇게 두 사람의 미래에는 돌이킬 수 없는 대가가 기다리고 있었는데…….

밝고 경쾌한 미스터리로 채색된 현대판 로미오와 줄리엣에게 내려온, 아름답고 덧없는 사랑 이야기. 비애(悲哀)와 유애(遺愛)의 제3막.

©SYUN AYASAKI 2012
KADOKAWA CORPORATION ASCII MEDIA WORKS

 아야사키 슌 지음/와카마츠 카오리 일러스트/이경인 옮김
문학으로 탐닉하는 엔터테인먼트

일본 현지 Q시리즈 총 판매부수 430만 부 돌파!
2014년 BOOK☆WALKER 문예대상 1위

방대한 지식으로 풀어내는 신감각 미스터리

만능감정사 Q의 사건수첩 12

" '태양의 탑'을 감정해 주십시오!" 만능감정사 Q가 받은 전대미문의 의뢰. 클라이언트를 쫓아서 오사카 스이타 서의 경위가 가게에 뛰어들고, 우시고메 서의 하야마도 나타난다. 시급히 해명해야 하는 중대한 수수께끼──과연 '태양의 탑'에 비밀 출입구는 존재하는가. 그런데 만박 공원으로 향한 린다 리코를 기다리고 있는 것은 정체불명의 인물이 준비한 그녀의 감정능력에 대한 도전이었다. 지성을 겸비한 신데렐라 스토리, 지금 여기서 클라이맥스를 맞이한다.
'만능감정사 Q의 사건수첩' 최종편!
오리지널 장편 'Q 시리즈' 제12탄!

©Keisuke MATSUOKA 2011
カバーイラスト/清原紘
KADOKAWA CORPORATION, Tokyo.

 마츠오카 케이스케 지음 / 주원일 옮김
문학으로 탐닉하는 엔터테인먼트

THERE IS NO CHOICE OF FORGIVING BETRAYAL.
COMPENSATION REQUIRES DEATH.
배반은 용납되지 않는다. 감미로운 죽음으로 속죄해라.

인간이었던 악마의 삶을 그린 서스펜스 하드보일드

이웃은 한밤중에 피아노를 친다 2

19년 전에 도망친 악마 '빅토르 뒤비비에'가 발견되었다는 보고를 받고, 버드와 리치는 툰드라의 설원과 원시림으로 뒤덮인 은빛 세계로 향한다. 뒤비비에는 대악마와 비교해도 손색이 없는 전투력을 가진 거물이다. 하지만 찾아낸 그는 이미 악마의 능력을 잃은 뒤였다.
그의 신변에 도대체 무슨 일이 일어난 것인가? 그리고 사로잡은 것도 잠시뿐, 뒤비비에를 빼앗기 위해 누군가가 나타난다. 불꽃을 다루는 능력을 가진 그 남자는 도시를 지배하는 자경단의 두령이었다. 이윽고 버드와 리치는 한 악마를 두고 벌이는 자경단원들의 패권 투쟁에 휘말리게 되는데…….

©2014 Boncho KUGA Illustrated by Eiri IWAMOTO
All rights reserved.

 쿠가 본초 지음 / 이와모토 에이리 일러스트 / 이원명 옮김
문학으로 탐닉하는 엔터테인먼트

2015년 일본 후지TV에서 드라마 방영 예정인 인기 애니메이션
〈그날 본 꽃의 이름을 우리는 아직 모른다〉의 소설판!

'초평화 버스터즈' 6인방의 상처와 재생을 담은 한여름의 이야기

그날 본 꽃의 이름을 우린 아직 모른다 上下

언제나, 언제까지고
우리는 사이좋은 친구——.

서로를 별명으로 부르며 언제나 함께 뛰어놀던 여섯 명의 소꿉친구들. 그러나 고등학생이 된 지금, 그들은 각자 다른 여름을 보내고 있었다. 집 안에 틀어박혀 방구석 폐인 생활을 하는 '진땅'. 걔루 친구들과 어울리는 '아나루'. 입시 고등학교에 다니는 '유키아츠'와 '츠루코'. 고등학교에 진학하지 않고 여행을 다니는 '포포'. 그리고 모두가 변해가는 사이에도 유일하게 예전 그대로 변하지 않은 소녀 '멘마'.
어느 날, 진땅은 멘마에게 '소원을 들어달라'는 부탁을 받는다. 곤혹스러워하면서도 그녀의 소원을 찾기 위해 노력하는 진땅. 그 소원을 계기로 뿔뿔이 흩어졌던 소꿉친구들이 다시 모이기 시작하는데…….

소꿉친구들의 우정, 그리고 첫사랑을 그리며 '아노하나' 열풍을 일으킨, 기적 같은 청춘 드라마!

©Okada Mari 2011,2012 ©ANOHANA PROJECT
Character design by Masayoshi Tanaka
KADOKAWA CORPORATION ASCII MEDIA WORKS

 오카다 마리 지음 / 타나카 마사요시 일러스트 / 엄태진 옮김
문학으로 탐닉하는 엔터테인먼트

'아야츠지 유키토', '우치다 야스오',
'기타무라 가오루', '반도 마사코'
전 심사위원이 격찬한 미스터리!

제22회 요코미조 세이시 미스터리 대상 수상작

물시계

의학적으로 뇌사 판정을 받았지만, 달빛이 비치는 밤에만 특수한 장치를 사용해 대화할 수 있는 소녀. 살지도 죽지도 못하는, 너무나 잔혹한 운명에 사로잡힌 그녀의 바람은 자신의 장기를 이식이 필요한 사람들에게 나누어주는 것이었다——.
신체 일부분을 나누어 주려는 하즈키. 그리고 그 간청을 받아 장기를 나르는 제비역의 스바루. 자기희생을 통해서 보는 삶과 죽음에 관한 현대판 '행복한 왕자'의 판타지풍 우화 미스터리.

ⓒSei HATSUNO 2002, 2005
Edited by KADOKAWA SHOTEN

하츠노 세이 지음 / Renian 일러스트 / 송덕영 옮김
문학으로 탐닉하는 엔터테인먼트

노블엔진 도서를 전자책으로 **제일 먼저** 만나는 방법!

✳ e북포털 북큐브 ✳

QR코드를 스캔 하시면 북큐브 내서재 앱 설치 페이지로 이동 합니다.

북큐브 내서재(Android)   북큐브 내서재(iPhone)   북큐브 내서재 HD(ipad)

   http://www.bookcube.com   http://m.bookcube.com